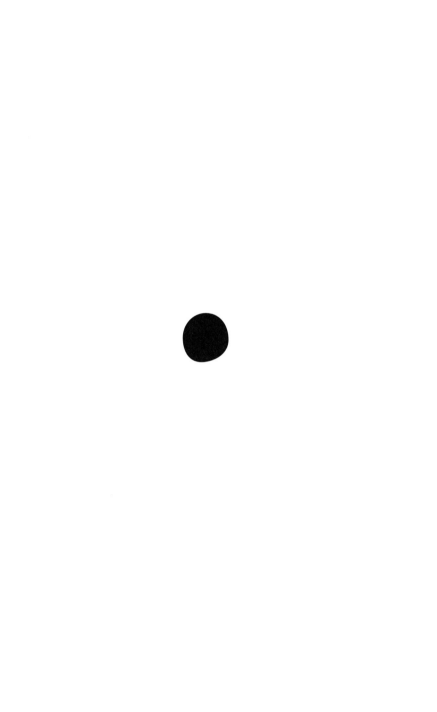

을

© 박솔뫼, 2010

초판 1쇄 인쇄 2010년 3월 12일
초판 1쇄 발행 2010년 3월 16일

지은이 박솔뫼 **펴낸이** 강병철 **주간** 정은영
편집 황여정·이수경 **디자인** 배형원·권성애 **제작** 시명국
영업 조광진·김상윤·김경진 **마케팅** 박현경

펴낸곳 자음과모음
출판등록 2001년 5월 8일 제20-222호
주소 121-753 서울시 마포구 동교동 165-1 미래프라자빌딩 7층
전화 편집부 02. 324. 2347, 총무부 02. 325. 6047~8
팩스 편집부 02. 324. 2348, 총무부 02. 2648. 1311
이메일 erum9@hanmail.net

ISBN 978-89-5707-483-1 (03810)

박솔뫼 장편소설

제1회 자음과모음 신인문학상 수상작

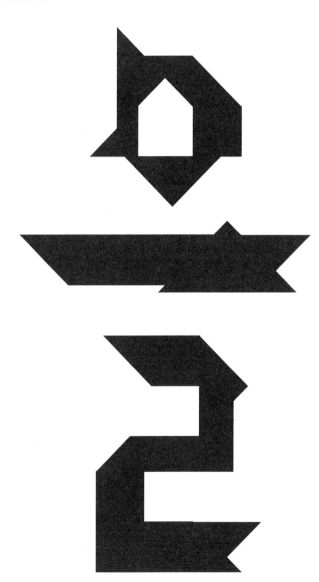

자음과모음

이민주가 방을 떠났다.

'민주' 하고 불러주던 목소리가 있던 방이었다. 이민주는 방을 떠남으로 더 이상 '민주'일 수 없었다. 이제 누가 그를 '민주' 하고 불러줄까. 그 목소리는 이제 그에게 닿지 못한 채로 방에 남는다.

이민주는 큰 배낭을 짊어진 채로 천천히 호텔 복도를 걸어 내려갔다. 그는 버스 정류장에서 버스를 타고 시외버스 정류장으로 갈 것이다. 그리고 큰 밭이 펼쳐진 도시로 떠날 것이다.

그는 걸으며 노을을 생각했다. 노을이 이민주를 '민주' 하고 불렀듯이 이민주도 노을을 '을'이라 불렀다. 노을에게 이민주가 여전히 민주이듯, 이민주에게 노을은 을이다. 다만 이제 더 이상 서로를 바라보며 이름을 부르지 못할 뿐이다. 이민주는 방을 떠났고 노을은 그것을 허락했다. 노을은 잠들기 전 천장을 바라보며 '민주, 민주' 하고 낮게 소리 내보다 잠이 들 것이다. 이민주는 홀로 오랫동안 걸을 것이다.

1

화요일이었다. 을은 천천히 방 안을 걸으며 이야기를 시작했다. 어떻게 극장에 갔으며 어떤 영화를 보았는지에 대한 이야기였다. 민주는 귀를 크게 열고 을이 하는 이야기를 들었다. 그때 을의 뒤로 흰색 벽이 보였다. 햇살은 을을 지나 흰색 벽으로 다가가고 있었다. 을은 눈이 부셔서 눈을 깜박이다가 손으로 얼굴을 가렸다.

을이 보았다는 영화는 세 사람에 관한 영화였다. 어떤 외딴 곳에 두 사람이 살고 있었다. 그들은 연인도 아니었고 친구도 아니었다. 을은 그들이 정확히 어떤 사이인지 알 수 없었다. 을은 그들이 외딴 곳으로 몰린 사람들로 보였다. 그들이 어떤 사이인지 알수는 없었지만 '외딴 곳'이라는 장소가 그들에게 동지애 비슷한 것을 느끼게 한다는 것은 알 수 있었다. 그렇게 두 사람이 사는 외딴 곳에 새로운 사람이 방문하게 되었다. 새로운 사람은 지쳐 보였고 굶주려 보였다. 그의 옷은 낡았고 그의 표정은 그의 옷보다 낡았다. 탈진할 듯 비틀거리던 낯선 사람은 원래 살고 있던 사람들과 인사를 하고 식사를 같이하게 되었다. 을이 극장을 나온 건바로 그때였다. 을은 낡은 표정을 가진 낯선 사람이 식사를 하던부분에서 벌떡 하고 일어났다.

을은 영화가 시작되기 전까지는 어떠한 불안함이나 답답함도 없었다. 휴일이나 오래된 극장은 을을 괴롭힐 만한 힘이 없었다. 극장의 조명은 서서히 잦아들었고, 스크린은 치직거리며 천천히 밝아졌다. 영화 속의 그곳은 상당히 외진 곳이었는데 그렇다고 섬이나 산속은 아니었다. 교외 같기도 한데 흔히 교외가 갖고 있는 특징, 이를테면 도시로 나가는 버스, 우거진 나무와 함께 있는 화려한 간판 같은 것들이 없었다. 을은 새로운 사람이 그곳을 찾을 때부터 가슴이 심하게 뛰기 시작했다. 을은 몸에서 힘을 뺐다. 숨을 깊게 들이마시고 천천히 내쉬었다. 그럼에도 달라지는 것은 없었다. 영화 속 세 사람은 말도 별로 없었고 잘 웃지도 않았다. 처음의 두 사람은 모두 지겨운 표정을 짓고 있었다. 그들은 지쳐 보였고 더없이 무기력해 보였다. 새로운 사람도 마찬가지였다. 영화 속 세 사람처럼 을은 아무런 말도 할 수가 없었다. 가슴이 심하게 뛰어 앉아 있기조차 힘들었다. 을은 앞좌석에 몸을 기댔다. 조금은 편안해졌다. 하지만 여전히 심장은 심하게 뛰었고 손발은 더욱더 차가워졌다. 왼쪽 손으로 오른쪽 손을 주물러도, 오른쪽 손으로 왼쪽 손을 쓰다듬어도 아무런 감각이 없었다. 심장은 세차게 뛰었고, 뛸 때마다 그 울림이 뇌에 전달됐다. 을은 앞좌석에 기대고 있던 몸을 일으켰다. 그러고는 비틀거리며 극장을 나왔다. 을은 극장 앞에 서서 숨을 들이쉬었다 내쉬었다 하며 뛰는 가슴을 진정시키려 했다. 쉽지 않았다. 간신히 숨을 고른 을은 걸음을 옮기기 시작했다. 버스를 타지 않고 천천히 걸어서 다시 집으로 돌아왔다.

　이것이 을의 이야기였다. 을보다 더 천천히 숨을 쉬어가며 이야기를 듣고 있던 민주는 고개를 들어 을을 바라보았다. 민주는 을의 침대 위에 앉아 이제는 좀 괜찮아졌느냐고 물었다. 을은 크게 숨을 들이마셨다 내쉬었다. 두세 번 더 크게 숨을 들이마셨다 내쉬고는 고개를 끄덕였다. 을은 몸을 일으켜 방 안을 천천히 걸어다녔다. 민주는 을이 자꾸만 방 안을 걸어다니는 것 때문에 미칠 것 같았으나 아무 말도 하지 않았다. 을은 민주가 씻어둔 컵에 물을 따라 마시며 계속해서 방 안을 걸어다녔다.

　오늘 아침 을과 민주는 함께 아침을 먹었다. 아침을 먹은 후 민주는 침대 시트를 벗겨내 화장실로 가져갔다. 민주가 욕조에 물을 틀어 침대 시트를 적시고 있을 즈음 을은 화장실 문을 열고 말했다.

　나 영화 보고 올 거야.

　민주가 대답도 하기 전에 을은 문을 닫고 나갔다. 민주는 욕조에 떨어지는 물을 계속해서 바라보다가 빨래를 시작했다. 빨래를 널고 영화가 끝날 때쯤 되자 민주는 을을 기다리러 영화관에 갔다. 매표소 직원은, 십오 분 정도 남았어요, 아니, 십 분 정도겠네요,라고 했다. 휴일의 시간은 십오 분이건 십 분이건, 설사 삼십 분이 넘고 사십 분이 되더라도 그것이 오 분과 무엇이 다른지 알 수 없게 했다. 곧, 서너 명의 사람들이 극장에서 나오기 시작했다. 극장은 작고 낡았고 시간은 화요일 낮이었다. 사람들이 많을 턱이 없었다. 두세 명의 사람들이 더 나왔다. 마지막으로 한 사람이 더 나오고 그것이 끝이었다. 을은 나오지 않았다. 민주는 극장으로 들어가 아직 나오지 않은 사람이 있나 살폈다. 극장은 텅 비어 있었다. 매표소 직원이자 팝콘을 파는 사람이자 청소를 하는 사람이 극장 안으로 들어가 떨어진 팝콘과 휴지를 줍기 시작했다. 민주는 을이 다른 극장에 간 것일까 하고 잠시 생각하면서 극장을 나왔다. 민주는 극장 바로 옆에 있는 서점에 들렀다. 서점에서는 방금 전에 극장에서 마지막으로 나왔던 여자가 책을 읽고 있었다. 민주는 새로 나온 잡지들을 뒤적이다가 서점 안에 있는 무가지 하나를 집어 들고 호텔로 돌아왔다.

을은 여전히 방 안을 걷고 있다. 민주는 방 안을 천천히 걷고 있는 을을 그보다 더 천천히 바라보았다.

민주는 을에게 극장에 갔다는 이야기를 하지 않았다. 을은 무가지를 보더니 새로 가져왔느냐고 물었고 그는 그렇다고 했다. 을은 어디서 가져왔느냐고 물었고 민주는 극장 옆의 서점이라고 말했다. 을은 눈을 잠시 찡그렸다. 민주는 책상에 앉아 수첩에 해야 할 일들을 써내려갔다. 민주는 쓰고 있던 수첩을 보다가 잠시 고개를 들어 을을 보았다. 민주는 을이 걷는 속도에 맞춰 천천히 종이를 채워나갔다. 날이 여전히 밝으니 한 일은 없는데도 부끄럽지가 않았다.

을은 컵을 싱크대에 올려놓고는 침대에 누웠다. 민주는 다시 을을 가만히 바라보았다. 을의 침대는 이불과 시트를 다 빨아버려서 매트리스뿐이었다. 침대는 휑했다. 을은 천천히 일어나 옷장을 뒤졌다. 그러더니 아이보리색 니트 스카프를 꺼내와 몸에 덮었다. 민주는 창가로 가 이불이 얼마나 말랐는지 만져보았다. 이불은 여전히 축축했다. 그는 의자에 걸어둔 두꺼운 후드 티를 몸에 덮고 누웠다. 발은 여전히 물에 불어 있었다. 을은 스카프를 덮고 있고 민주는 후드 티를 덮고 있다. 침대는 휑하고 그들도 휑하다. 마치 이사 온 첫날처럼 느껴졌다. 민주는 조금도 피곤하지 않으나 침대에 눕자 졸음이 서서히 몰려왔다. 서서히, 휴일의 속도로.

에너지가 100인 상태와 0인 상태가 있다고 한다면 그들은 요즘 정확히 50의 상태다. 균형감 있고 일정하다. 이런 50의 생활을 시작한 것은 한 달 반 전 민주가 이곳에 오면서부터다. 한 달 반

전 민주는 늘 그렇듯 돈이 없었고 늘 그렇듯 일을 하고 있었다. 을은 민주에게 비행기표와 돈을 보냈고 민주는 이곳으로 왔다. 을이 이곳에서 근무를 시작한 지는 세 달쯤 되었고, 민주가 이곳에 도착할 때까지 을은 민주에게 이곳으로 오라고 끊임없이 재촉했다. 민주는 늘 그렇듯 일을 하고 있기 때문에 올 수 없다고 했다. 을도 민주도 진짜 이유는 민주가 돈이 없기 때문이라는 것을 알고 있었다. 둘 다 동시에 그것을 정확히 알고 있었으나 한쪽은 짜증이 났고 다른 한쪽은 난처했다. 짜증 난 쪽이 돈과 비행기표를 보냈고 난처한 쪽은 부끄러워하며 이곳으로 왔다. 민주에게 정리할 생활이라고는 없었다. 민주는 돈과 비행기표를 받자 곧 이곳으로 왔다.

을과 민주가 쓰고 있는 방은 호텔의 장기 투숙자들을 위한 방이다. 장기 투숙자들을 위한 방이라고 해봐야 단기 투숙자들의 방과 크게 다르지 않다. 을과 민주는 이곳에 오래 머물 뿐이고, 이 호텔은 여행자들을 위한 다른 호텔들과는 달리 장기 투숙자들을 받아주는 것일 뿐이다. 민주가 도착하기 전 을은 단기 여행자들과 방을 같이 썼다. 일주일에도 몇 번씩 룸메이트가 바뀌었다. 을은 얼마만큼 그들을 기억하고 있을까. 민주는 가끔 방에 혼자 있을 때면 그들의 얼굴들을 떠올려본다. 그가 본 적 없는 수많은 여행자들의 얼굴을 말이다.

안녕.—누군가는 조심스럽고 누군가는 호들갑스럽다. 누군가는 말없이 들어와 흠칫 놀란다.—나는 체코에서 왔어.—제가 어디에서 왔는지 말해도 당신은 아마 알지 못할 것입니다. 코르시카가 어디인지 아십니까? 세계에서 가장 위대한 장군이 태어난 곳인데 그가 누구인지 아시겠습니까?—내 이름은 리에야.—안녕 리에. 반가워. 너는 내가 만난 세번째 리에구나. 하지만 리에는 예쁜 이름이지.—너는 언제 여기에 왔니. 너는 어디서 왔니.—모두들 지쳐 있으나 이 질문에는 익숙하게 대답한다. 수십 번쯤 풀어본 수학 문제를 다시 푸는 것처럼 말이다.—그래, 알래스카는 아주 추운 곳이지.

민주는 그런 짧은 대화들을 상상해보고 그 짧은 대화를 수십 번씩 나누었을 그때의 을을 떠올려본다. 아무래도 을은 민주보다 그런 대화에 더 익숙할 것이다. 을은 이전에도 외국에서 산 적이 있었다. 길게 한 번, 짧게 여러 번. 허나 그게 아니라도 을은 어디에 있든 외국인의 표정을 하고 있었다. 조심스러우며 예민한 얼굴, 적은 말수를 을은 어디에 있든 늘 고수했다.

을과 민주가 알게 된 지는 삼 년쯤 되었다. 삼 년 전 민주와 을은 같은 외국어 학원에서 일했다. 그때 민주는 시험을 안 본 학생들에게 다시 시험지를 나눠주고 풀게 하는 일 같은 것을 했다. 누가 하든 딱히 상관없는 일이었다. 민주가 했던 모든 일들이 그러했듯이. 을은 하루에 여섯 시간씩 일본어 문법을 가르쳤다. 그리고 남는 시간에는 학원의 다른 강의들을 들었다. 일상 스페인어, NHK청취, 브리티시 악센트 연습, 고급 독일어 같은 것들이었다. 을을 만나기 전 민주는 외국어 학원과는 전혀 상관도 없는 사람이었다. 그때 민주는 대입 검정고시를 준비하고 있었다. 그러다 관두었던 고등학교에 잠시 다시 다니기도 했다. 허나 곧 관두고 서점에서 책을 날랐다. 트럭을 몰기도 했고 트럭을 몰 때 거래처였던 술집에서 설거지를 하기도 했다.

민주가 외국어 학원에 들어가게 된 건 민하의 소개 덕이었다. 민하는 영문학과를 졸업하고 영국에서 어학연수를 하고 돌아와 일 년쯤 놀다가 외국어 학원에 들어갔다. 민하가 민주를 알게 된 건 영국에서 돌아와 실컷 놀 때였다, 물론 영국에서도 실컷 놀았지만. 민하는 민주를 막냇동생처럼 아꼈다. 이름도 비슷하니까 정말 동생 같다는 생각이 들기도 했다. 민하는 민주가 일하던 술집의 단골이었고 민주는 손님이 많을 때는 직접 서빙을 하기도 했다. 민하는 혼자 술집에 와서 다른 사람들에게 '뭐 해요? 한잔 마셔요' 같은 이야기를 자주 했다. 민하는 아무에게나 그런 말을 했고 설거지를 하다 서빙을 나온 민주는 그중 한 명이었다. 그때 민주는 설거지를 해야 한다고 했으나 술집 주인이 얼른 앉으라고 했다. 민주는 젖은 손을 바지에 닦으며 민하의 옆자리에 앉았다.

민하는 민주에게 술을 샀다. 다음 주말이 되자 민하는 술집 근처의 클럽에 민주를 데리고 갔다. 그다음에는 주말이 오기도 전에 가게에 들러 술을 샀다. 밥도 여러 번 샀다. 민하는 그런 식으로 민주를 아꼈다. 하지만 민주는 민하가 형 같지는 않았다. 친구라고 생각했다. 친구이긴 한데 부자친구 같은 것 말이다. 친구와 부자친구는 좀 다르지 않은가. 민주와 민하는 민하가 외국어 학원에서 일하기 전까지 일주일에 서너 번은 만났다. 꽤 친했다고 할 수도 있었다. 민주는 민하를 만나면 편하고 포근했다. 허나 만나고 돌아서면 마음속에 불편함이 남아 다시는 만나지 말아야지 하고 다짐했다. 이상한 일이었다. 하지만 다음 날 민하는 환한 얼굴로 술집 문을 열었다. 민하는 늘 즐거웠고 여유로운 사람이었고 그 때문에 민주에게 친절할 수 있었다. 민주는 그 순간에는 민하의 친절이 고마웠지만 뒤돌아서면 민하의 여유가 늘 불편했다. 민하에 대한 민주의 평가는 그런 식이었다. 그 때문에 민주는 민하를 계속 만나면서도 민하를 그리워하거나 아끼지는 않았다.

당시 민하는 무엇보다 외국어 학원이 싫었다. 학원 쪽에서 특별히 민하를 부당하게 대해서는 아니었다. 그것은 일 년 내내 놀던 사람이 직장을 다니게 되었을 때 느낄 수밖에 없는 괴로움이었다. 민하도 물론 다른 사람들은 어디든 취직하고 싶어 안달이라는 것을 알고 있었다. 그리고 일 년 내내 논 것이 부모님 돈 때문에 가능했다는 것도. 하지만 민하는 평생 그렇게 살았으니 그 외의 삶이 어떤 식으로 진행되는지 알지 못했다. 아침에 눈을 뜨면 다시 영국으로 가서 박사 과정을 밟아볼까 하고 생각했다. 그와 동시에 몇 개월 전까지만 해도 이 시간에는 일어날 생각도 안 해봤음을 깨달았다. 그런 다음에는, 민주는 무얼 하고 있을까 하고 생각했다.

민하는 민주가 정말로 좋았고 또한 멋지다고 생각했다. 민하는 학교에 다니지 않고 일을 하는 민주의 생활이 회사에 다니거나 번역을 하거나 공무원이 되어 일하는 친구들의 생활과는 완전히 다르다고 생각했다. 민주처럼 술집에서 설거지를 하거나 트럭으로 배달하는 것이 훨씬 올바르고 멋지다고 생각했다. 그래서 민하는 민주에게 술을 사주고 밥을 사주었고, 일주일에도 몇 번씩 민주를 만나러 술집에 갔다. 그런 민하가, 학원에서 복사를 해주거나 시험 감독을 할 사람이 필요하다는 말을 듣고 민주를 떠올린 것은 당연한 일이었다. 민하는 그런 식으로라도 민주를 돕고 싶었다. 하지만 동시에 그것은, 민하 자신이 좋아하던 민주의 모습에서 민주를 멀어지게 하는 것이 아닌가 하는 생각이 들었다. 민하는 잠시 고민이 되었으나 민주의 멋있음은 그리 쉽게 손상되지는 않을 것이라는 생각으로 학원 쪽에 민주를 추천했다. 민하는 이제 민주를 자주 보겠구나 생각하며 자신의 추천에 만족하려 애썼다. 민하의 마음은 그런 식으로 다독여졌지만 어딘가 한 부분이

석연치 않았다.

　민주는 그렇게 학원에서 일을 시작하게 되었다. 민주가 학원에서 을을 처음 보았을 때 민주는 을이 어딘가 민하와 닮아 있다고 느꼈다. 시간이 지난 후 생각해보니 을과 민하는 인생에서 특별한 성장의 시기가 없는 사람들이었다. 물론 그것이 이유였던 것을 그때는 알지 못했다. 민하나 을이나 다른 학원 선생님들과는 친하지 않았다. 그렇다고 그 둘이 특별히 친한 것도 아니었다. 다만 둘은 서로의 어떤 부분을 약간은 이해하고 있었다. 그러니까 왜 학원에서 말을 하고 싶지 않은가 같은 것 말이다. 그런 이유로 그때 민주의 마음속에서 민하와 을은 비슷한 자리에 앉아 있었다. 그것은 민주가 이전까지는, 돈을 벌면서 나이가 민주보다 열 살쯤 많고 공부를 오래한 사람들을 만나보지 못해서일지도 몰랐다. 민주는 그런 사람들이 어떤 옷을 입고 주로 무엇을 먹고 그런 것을 먹으면서 무슨 생각을 하고 어떤 이야기를 하는지 몰랐다. 하지만 그렇다고 해도 그들은 다른 학원 선생들과는 달랐다. 그들만큼 돈을 벌고 공부도 오래한 그 또래의 학원 선생들과 민하와 을은 전혀 어울리지 못했다. 민주에게 술을 살 때의 민하는, 친구들에 둘러싸여 생일 파티를 하고 있던 부자친구가 간신히 파티에서 빠져나온 것처럼 보였다. 하지만 정작 민주가 민하와 함께 학원에 다녀보자 민하는 철저히 혼자였다. 그런데 시간이 지나자 그런 점이 민하를 더욱더 부자친구처럼 보이게 했다.

을과 민주는 느릿느릿 음식들을 씹어 삼켰다. 민주는 손을 더듬어 라디오를 켰다. 보사노바가 방 안을 채웠다. 음악은 청량했다. 와인 잔이 부딪칠 때 나는 '챙' 하는 소리 같았다. 민주는 어떻게 하여 와인 잔이 부딪치는 소리가 생각났는지 떠올려보았다. 흰색 식탁보가 깔린 식탁 위에서 와인 잔을 부딪쳐본 일은 굳이 기억을 더듬어보지 않아도 없는 일이었다. 그럼에도 그런 일이 실제로 있었던 것처럼 그립고 아련했다. 민주는 설거지를 하고 을은 물을 끓였다. 물은 천천히 끓어올랐다. 주전자의 김은 아까의 보사노바처럼 방 안을 채웠다. 민주는 차를 마시며 무가지를 읽었다. 낮에 가져와서 대충 뒤적이기만 한 것을 다시 읽어 내려갔다. 민주는 언제나 서점 문을 여는 그 순간에 매혹되었다. 문을 열고 천천히 내딛는 발걸음에는 늘 기분 좋은 긴장감이 함께했다. 그 유쾌하며 팽팽한 감정은 서점에 발을 내디딜 때만 느낄 수 있는 것이었다. 혹은 도서관이나 다른 이의 서재 같은, 책이 쌓인 미지의 공간에서만 말이다. 허나 그 이유 때문에 민주가 서점에서 일했던 것은 당연히 아니다. 민주는 늘 그렇듯 돈이 없었고 늘 그렇듯 아무나 해도 상관없는 일들을 했다. 민주는 고등학교도 졸업하지 못했고 고등학교도 졸업하지 않은 젊은 남자애가 할 수 있는 일은 아무나 해도 상관없는 일밖에는 없었다. 아무나 해도 상관없거나 아무도 하고 싶지 않은 일들밖에는. 이제 몇 달 전처럼 새벽같이 일어나 트럭을 몰아야 하는 것은 아니지만 민주에게는 그때의 긴장감이 몸속 깊이 남아 있었다. 민주는 하루가 시작되면 관성처럼 그 긴장감을 느꼈다. 지금도 가끔 이른 새벽에 벌떡 하고 침대에서 일어났다. 그렇게 잠에서 깨면 무엇이라도 해야 할 것 같아 방 청소를 했다. 아니면 호텔 근처 공원까지 전력 질주를 하거나. 그런 날이면 민주는 공원에 도착해서도 한참을 뛰다가 을이 잠에서 깨기 전 방으로 돌아왔다. 민주는 을이 아침에 혼자 눈을 뜨는 것을 싫어한다는 것을 알고 있었다. 을은 대부분의 사람에게 냉정한 사람이었으나 실상은 혼자 자는 것도, 혼자 밥을 먹는 것도 싫어하고 무서워했다. 그럼에도 옆에 두는 사람은 적었고 매번 초조하고 불안한 마음으로 밥을 먹고 차를 마셨다. 그렇게 공원을 뛰다가 돌아오는 아침이면, 민주는 커피나 뜨거운 차 같은 것을 사서 호텔로 돌아왔다. 그러고는 그것을 을의 책상 위에 두었다. 커피가 적당히 식을 즈음에 을은 출근을 위해 일어날 것이었다.

을이 출근하는 곳은 근처의 대학이었다. 을은 그곳에서 한국어 강의를 맡아 가르치고 있었다. 이 지역에는 한국인 입양아들이 많았고 을의 강의는 주로 그들을 위한 것이었다. 물론 한국인과 결혼한 사람들이거나, 상대적으로 적은 수이기는 하지만 그저 한국에 관심이 있어서 찾아오는 사람들도 있기는 했다.

사실 을의 전공은 수의학이었다. 그때의 을이 지금과 얼마나 달랐을지는 모르겠지만 을은 동물이 좋아 수의학을 전공으로 택했을 사람이 아니다. 그렇다고 동물과의 교감을 바라는 사람은 더더욱 아니고 말이다. 아마도 을이 배우고 싶었던 것은 다만 돌고래의 언어나 식물의 파장 같은 것이었을 것이다. 하지만 돌고래의 언어 같은 것은 애써 봐주고 봐줘야 생각할 수 있는 이유였다. 민주는 을의 전공이 기억날 때마다 아무리 생각해도 왜 을이 수의학을 전공했는지 납득할 수 없었다. 다만 대학 입학시험 점수가 꽤 높았나 보다 하고 생각할 따름이다. 어쨌든 을이 사랑하는 것은 동물 같은 것이 아니었다.

을은 풀리지 않는 기호와 오래된 신호 같은 것을 사랑했다. 그렇다고 그것으로 어떤 비밀을 밝혀내고자 하는 것은 아니다. 다만 을은 그것을 따라가는 과정, 풀어내는 과정에 매혹되었을 뿐이다. 그럼에도 을은 이집트 고대문자 같은 것에는 특별한 관심을 보이지 않았다. 그것은 너무 거대한 것처럼 보이기 때문이라고 지나가듯 말했었다. 을이 외국어를 그토록 열심히 배웠던 것은 외국어는 그 자체로 기호이며 신호나 고대문자처럼 거대하게 다가오는 것은 아니기 때문이었다. 하지만 을은 외국인과의 대화나 영화를 원어로 보는 것에 어떠한 쾌감도 느끼지 않았다. 을을 흥미롭게 하는 것은 동사의 변화나 다른 뜻을 일곱 개쯤 가지고 있는 같은 발음의 단어였다. 소통의 매개가 아니라 기호의 등가물이 되는 것들을 을은 사랑했던 것이다.

2

꿈에서 민주는 숲을 향해 걸었다. 민주는 그곳이 어디인지 알고 있었다. 숲을 따라 걸으면 집이 한 채 나왔고 그 집에는 두 사람이 살고 있다. 민주는 몇 년 전 그때처럼 지나가는 손님이 되어 그 문을 두드렸다. 윤이 나왔다. 윤은 민주의 가방을 받아 들었다. 윤은 밥을 먹던 중이라고 했다. 윤의 뒤에는 바원이 서 있었다. 바원은 윤의 손에서 가방을 받았다. 민주는 바원에게 이곳에서 묵고 싶다고 말했다. 바원은 아, 하는 낮은 탄성을 내고는 손으로 왼쪽 문을 가리켰다. 그러고는 왼쪽 문을 열어 가방을 그 방 안에 두었다. 민주는 그 왼쪽 방 또한 어디인지 알고 있다. 그 방의 문을 열면 위쪽 가운데에 나 있는 창문을 볼 수 있다. 창문은 방의 크기에 비해 많이 컸다. 방에는 민주와 윤, 바원이 가방을 가운데 놓고 서 있다. 바원은 지금은 사실 늦은 밤이라고 했다. 그리고 밥을 함께 먹자고 했다. 그들은 문을 닫고 윤과 바원이 지내는 방으로 갔다. 윤과 바원은 긴 탁자에 음식을 놓고 밥을 먹고 있었다. 그 탁자는 옆이 길었다. 민주는 윤의 옆에 앉았다. 윤은 다시 밥을 먹기 시작하며, 정말 늦은 밤인가? 하고 중얼거렸다. 민주는 그 중얼거림을 여러 번 천천히 따라 했다. 정말 늦은 밤인가. 정말 늦은 밤인가. 정말 늦은 밤인가.

눈을 뜨니 밤은 이미 지나 있었다. 이른 아침이었다. 을은 몸을 동그랗게 말고 잠을 자고 있었다. 민주는 몸을 일으켜 침대에 앉아 윤과 바원을 생각했다. 숲 속에는 그들의 집이 있었다. 그들은 오랫동안 함께 자란 나무 두 그루 같았다. 민주는 어느 날 문득 숲을 찾은 손님이었는데 그들은 민주에게 기꺼이 문을 열어주었었다. 윤은 민주와 나이가 비슷했다. 허나 윤의 모든 시간은 바원과 함께였다. 윤에게는 오랜 시간 다른 사람과 함께 살아온 사람에게서만 느낄 수 있는 조용하고 자연스러운 배려가 배어 있었다. 그것은 바원도 마찬가지였다. 민주는 그곳에서 수많은 밤과 아침을 났다. 겨울이 되어 그곳을 떠났을 때 눈이 소리 없이 내리고 있었다. 그리 멀리 가지 않았는데도 뒤를 돌아보니 집이 보이지 않았다. 윤과 바원. 그들이 살던 집과 숲, 집의 뒤쪽을 따라 한참을 걸으면 나오던 바닷가. 민주는 그 모든 것들을 그 겨울 이후 떠올리지 않았다. 어떤 시간들은 지나고 나면 되살리는 것이 무의미해졌다. 그 순간이 이미 어떤 완성이었기 때문이다. 방금 전의 꿈도 그렇다. 그것은 꿈을 꾸는 당시에는 온전했다. 그때의 시간처럼 말이다.

민주는 침대에서 빠져나와 옷을 갈아입었다. 냉장고로 가 베이글을 반으로 갈라 그 사이에 카망베르 치즈를 우겨넣었다. 치즈가 든 베이글을 씹었다. 메말랐던 입안에 침이 돌았다. 손에는 아

직도 힘이 없었다. 어제 마시다 남은 차를 한 모금 마시는 것으로
아침을 정리하고 방을 나섰다. 민주는 아직 을이 일어나지 않았
다는 것을 알았으나 어쩐지 방 안에 있을 수가 없었다. 길은 어스
름했다. 이른 아침의 공기가 길에 깔려 있었다. 민주는 차가운 공
기를 헤치며 걸었다. 손과 발에는 힘이 없었지만 계속해서 걸음을
옮겨나갔다. 어딘지 알 수 없는 먼 곳을 향하는 기분이었다.

3

을은 침대에 누워 천장을 바라보았다. 천장에는 아이보리색 벽지뿐이었다. 전등도 달려 있지만 침대에 누워 있으면 보이지 않는다. 을은 고개를 돌려 민주의 침대를 바라보았다. 민주는 없었다. 민주는 화장실에 있나, 잠깐 밖에 나간 것일까. 민주는 방에 없다. 민주는 지금 방에 없고 을은 방에 있다. 민주는 지금 침대에 누워 있지 않고 을은 침대에 누워 있다. 이른 아침의 냄새가 났다. 을은 침대에 누운 채로 손을 뻗어 시간을 확인했다. 이른 아침이었다. 역시나 이른 아침. 이른 아침의 냄새가 나면 이른 아침이었고 아침의 냄새가 나면 아침이었고 오전의 냄새가 나면 오전이었다. 을은 늘 그것을 정확히 맞추었다. 을은 계속 눈을 감았다 떴다 하며 아이보리색 벽지뿐인 천장을 바라보았다. 이렇게 방에 혼자 누워 있으면 다른 사람들이 가만히 앉았다 가는 소리가 들렸다. 을은 민주가 오기 전 함께 방을 썼던 수많은 얼굴들을 떠올렸다. 그들의 얼굴을 떠올리면 그들이 짐을 푸는 소리, 침대에 털썩하고 앉는 소리, 잠잘 때 내는 숨소리 같은 것들이 들렸다. 리에, 조이, 아이린, 비엔, 그리고 또 누구였더라.

어느샌가 제이는 천천히 다가와 천장을 바라보고 있는 을의 눈을 덮는다. '기억 안 나?' 제이의 손은 크고 따뜻했다. 그리고…… 그리고 건조하게 말라 있었다. 을은 계속해서 천장을 바라보았다. 천장을 바라보는 을의 눈 위로 따뜻한 기운이 머물다 사라졌다.

제이는 을과 함께 방을 썼던 린다의 남자친구였고 씩씩하고 건강한 린다는 남자친구를 호텔에 남겨두고 캠핑을 갔다. 다른 방에 머물던 제이는 린다의 책을 빌리러 방문을 두드렸고 을은 문을 열어주었고 그들은 방문 앞에서 이야기를 했다. 그것은 잠깐의 시간이었다. 그는 농담을 했고 농담을 하다가 빌리려던 책 이야기를 했고 그러다 다시 농담을 했다. 그는 그렇게 농담을 하며 천천히 방 안으로 들어왔다. 방 안에 들어온 제이는 을의 책상 위에 앉아 이야기를 계속했다. 그러다 그는 을의 책장에 꽂혀 있는 책들에 대해 물었고 을은 대답해주었고 그러는 동안에도 그는 계속 착한 얼굴로 앉아 있었다. 그는 착한 얼굴로 농담을 했고 다정한 표정으로 을의 이야기를 들었다. 그러다가 웃을 때는 착한 얼굴과 다정한 표정이 섞인 그 상태를 두 배 증폭시켜 웃었다. 을은 그런 상태로 있는 사람과 계속 이야기를 했다. 그것은 말과 생각이 오가고 있다기보다는 다만 그의 다정한 표정과 친절한 말투, 활짝 피어나는 미소 같은 것에 서서히 익숙해져가는 것이었다. 그러다 보니 을은 제이와 키스를 할 수밖에 없었다. 제이가 침대에 누웠고 을은 그 위로 올라갔다. 린다가 돌아오기 전까지 그들은 만나면 같이 잤다. 문에 기대어 했고 벽에 기대어 했고 을이 제이 위에 앉은 채로 했고 을이 제이 위에 누운 채로 하기도 했다. 을이 침대에 누웠던 적은 없었다. 그러니까 을은 제이와 할 때 천장을 본 적이 없다. 을은 제이가 오는 소리가 들리면 천장을 바라보게 된다. 너랑 할 때 천장을 본 적이 없잖아? 천장에 너의 얼굴은 없다는 이야기야. 을은 천장에 대고 말했다. 어쨌거나 며칠 후 캠핑에서 돌아온 린다는 신나는 얼굴로 보트를 탄 이야기를 해주었다. 을은 웃으며 부러워하는 표정을 지었다. 린다가 돌아온 날 밤 제이는 술을 사들고 방으로 찾아왔다. 을과 제이와 린다는 웃으며 술을 마셨다. 제이는 그후로도 몇 번 더 방에 들렀고, 그들 셋은 늘 즐겁게 웃으며 이야기를 했다. 제이는 정말로 아무렇지 않아서 늘 아무렇지 않은 얼굴을 하고 있었다. 을은 뭔가 분명히 어색하기는 했으나 상대편이 워낙 아무렇지 않아 해서 역시 아무렇지 않으려 노력했다. 린다와 제이와 함께 방에서 웃고 떠들고 마시는 것은 그것대로 즐거웠다. 웃고 떠들다 보면 정말 아무렇지 않은가 보다 싶기도 했다. 다만 문제는 며칠 뒤 그들이 다른 도시를 여행하기 위해 호텔을 떠난 이후였다. 린다의 얼굴은 기억도 잘 안 나는데 린다가 보트 탄 이야기를 하던 목소리는 가끔 을을 불현듯 찾아왔다. '정말 신났어!' 이런 목소리 말이다. 그런 목소리와 함께 제이는 을을 찾아왔다. 제이와 을은 말도 없이 늘 서로를 핥고 더듬고 깨물었다. 을은 제이가 스페인에서 왔다는 것을 알았지만 굳이 스페인어를 쓰지는 않았다. 무엇보다 그들은 서로 할 이야기가 별로 없었으며 할 필요도 없었다. 문득 문득 찾아오는 린다의 목소리와 함께 서로를 핥던 그때의 촉감이 생생하게 살아났다. 을의 다리를 쓰다듬던 제이의 손이나 을의 혀를 휘감던 제이의 혀라든가 하는 것들이 순간적으로 되살아났다. 어쨌거나 제이는 그때나 지금이나 앞으로도 영원히 정말 아무렇지도 않을 것이다.

을은 계속해서 천장을 바라보았다. 그렇게 한참 동안을 천장만 바라보았다. 이른 아침의 냄새가 서서히 사라졌다. 을을 찾아왔던 소리들도 모두 제 갈 길을 갔다. 을은 침대에서 몸을 일으켰다. 일어나 방 여기저기를 둘러보니 민주는 정말로 나가고 없었다. 아마 을이 눈을 떴을 때 이미 방을 나간 후였나 보다. 민주, 어디로 갔니. 민주. 민주. 을은 찬장에서 플레이크 봉투를 꺼냈다. 을은 플레이크를 과자처럼 집어 먹으며 욕실로 들어가 옷을 벗었다. 머리를 묶으면서도 계속 플레이크를 집어 먹었다. 손목에 남겨둔 머리끈으로 플레이크 봉지를 묶고 샤워를 했다. 민주는 이 아침에 어디엘 갔나. 이 아침에 어디에 갔습니까. 이 아침에 어디로 간 것입니까. 어디로 갔어요? 민주가 아침에 일찍 일어나는 사람이기는 하지만 이렇게 빨리 나가지는 않았는데 지금은 어디 있는 것인가. 을은 머리를 감고 샤워젤을 거품 수건에 묻혀 몸을 씻었다. 샤워기에 손을 씻고 다시 손을 뻗어 플레이크 봉지를 열어 플레이크를 먹었다. 수건으로 몸을 감고 나오니 방은 좀더 밝아져 있었다. 아침 해는 서서히 그러나 눈에 띨 정도로 확실하게 자신을 드러내고 있었다. 을은 옷을 입으면서도 계속 플레이크를 먹어댔다. 옷을 입고 머리를 말리면서 냄비에 물을 끓였다. 을은 플레이크를 계속 먹어댈 것 같아서 입구를 머리끈으로 묶어 상자에 넣었다. 분말로 된 국을 끓는 물에 넣었다. 국이 끓기 시작하자 계란과 두부를 넣었다. 국그릇을 꺼내와 국을 담고 가스 불을 껐다. 을의 책상 위에는 어제 공부하다 만 한국어 교재가 있었다. 책을 펴 오늘 수업할 부분을 다시 읽어 내려갔다.

극장 같은 데를 가는 것은 을에게 힘든 일이었다. 을은 어둡고 조용한 곳을 좋아했지만 극장에서 시간을 보내는 것은 여전히 괴로웠다. 물론 때로 그것이 가능할 때도 있었으나 아직은 힘들었다. 어두운 극장을 떠올리자 어제 보았던 영화가 흐릿하게 을의 눈앞으로 지나갔다. 그것은 차멀미 중에 보는 바깥 풍경 같은 것이었다. 메스꺼렸다. 생각하고 싶지 않다, 하고 을은 중얼거렸다. 국그릇을 싱크대에 올려놓고 전기포트에 물을 끓였다. 그러고는 텔레비전을 켜 영화를 틀었다. 스크립트를 보며 영화 대사를 다시 한 번 확인했다. 교재에 나온 표현을 영화나 드라마, 광고에서 찾아 익히기 위해서였다. 아무래도 책만 보는 경우보다는 기억하고 적용하는 데 도움이 되었다. 을은 이론적으로, 또한 문법적으로 언어를 공부하기는 했으나 여전히, '여기예요'와 '여기에 있어요'가 뭐가 달라요?라고 학생들이 물으면 잠깐 멈칫했다. 가끔씩은 평소에 어떻게 말해왔는지도 헷갈렸다. 영화는 계속 흘러갔고 을은 빨리 되감았다. 속으로 조그맣게 은행에 어떻게 갑니까 하고 말해보았다. 여보세요. 은행에 어떻게 갑니까. 어색한 것도 그렇다고 자연스러운 것도 아니었다. 문득 자신이 평소에 말을 잘 안 해서 그렇다는 생각이 들었다. 을은 정말로 말이 별로 없었다. 하지만 그것은 말수의 문제가 아니었다. 근본적인 문제는 을이 대개의 경우 말을 별로 하고 싶어 하지 않는다는 데 있었다. 말수가 없어도 친한 사람들과 함께 있으면 수다스러워지는 사람들은 많았다. 아니면, 말수가 없으나 '말을 잘하고 싶어 하는 사람들'을 생각해보면 될 것이다. 을이 수다스러워지는 경우는 잘 없었다. 그렇다고 가끔 의미심장한 말을 하거나 유머 있는 말을 하는 사람도 아니며 그런 사람이 되고 싶어 하지도 않았다. 을은 오히려 달변가들을 지겨운 사람들이라고 생각했다. 사람들이 왜 그런 사람들을 근사하게 생각하는지 이해할 수 없었다. 왜 말을 해야 하는 것인가. 을은 시끄럽게 떠들어대는 사람들을 만나면 손을 뒤로 묶고 입을 바늘로 꿰매서 쓰레기차에 던져버리고 싶었다. 물론 속으로 말이다. 을은 필요한 말만 하는 것인데 왜 이렇게 말이 없느냐고 묻는 사람들도 쓰레기차에 함께 던져버리고 싶었다. 그쪽이 말이 많으신 겁니다. 을은 늘 그 말이 목구멍까지 차올랐다. 어쨌거나 을은 늘 정중했다.

커피포트에는 어제 마신 커피 찌꺼기가 그대로 남아 있었다.

을은 새로 종이를 깔고 커피 가루를 넣는 것이 귀찮아졌다. 컵에 인스턴트커피를 한 숟갈만 넣고 뜨거운 물을 부었다. 영화는 빠르게 흘러갔다. 을은 되감기 버튼을 다시 눌렀다. 여보세요. 은행에 어떻게 갑니까. 실제로도 사람들은 말을 저렇게 어색하게 했다. 멀리 안 가도 되었다. 자신만 봐도 그랬다. 당신이 말이 많은 겁니다. 저는 필요한 말만 합니다. 그 말의 뜻은 제가 하고 싶은 말 중 제가 해야 한다고 생각하는 말만 한다는 겁니다. 아시겠습니까. 그렇다면 은행에 어떻게 갑니까. 을의 혼잣말은 분명하고 정확했다. 커피는 여전히 뜨거웠다. 을은 그것을 한 모금도 제대로 넘기지 못했다. 어제 시장엘 못 가서 과일도 야채도 집에 없다. 국수도 계란도 부족하다. 티백과 커피 가루는 다음 주에 사도 될 것 같은데 다른 것들은 근처 상점에 가서 사와야 하나. 을은 다시 한 번 극장에 왜 갔던 것일까 하고 후회했다.

을은 잘 때 입던 옷들을 개서 책상 의자 위에 두었다. 수건은 의자 등에 걸어두었다. 이불 위에 붙은 머리카락을 떼었다. 이불을 손으로 눌러준 후 개었다. 주급이 들어오면 책도 사고 싶어. 무얼 사야 할까. 을은 러시아어 교본을 사고 싶은데 왠지 이번에도 못 사고 넘어갈 것만 같아서 불안했다. 이번에는 사고 싶은데. 도서관에서 여러 번 빌려보기는 했지만 도서관 책에는 필기를 할 수 없었다. 을은 외국어 교본에 관해서는 늘 부족한 기분이었다. 외국어를 배우는 과정에서 을이 좋아하는 것은 문장을 만드는 순서나 동사와 인칭의 변화 같은 것을 암기하는 것이다. 일본어로 '그림 그리다'를 배운다면, 그것의 뜻을 독일어로 생각해보는 것 또한 을이 좋아하는 것이다. 을은 그런 과정에 조금의 지겨움도 느끼지 않았다. 오히려 자신을 떨리게 하는 몇 안 되는 일 중의 하나였다. 순서와 절차를 암기하는 것. 또 가능하다면 외국어로 외국어를 암기하는 것. 바로 그런 것들이었다. 을을 호들갑스럽게 하고, 탄성을 자아내게 하는 것은 말이다. 헌데 그런 사람들은 드물었다. 그보다 사람들은 꼭 말을 해보고 싶어 했다. 말을 해음식을 주문해보고 싶어 하고, 말을 해 너 춤이 참 근사하구나 같은 칭찬을 하고 싶어 한다. 그뿐이 아니었다. 을은 언어를 배울 때나 가르칠 때나 '거지 같은 년' '돼지 오줌 같은 새끼'를 어떻게 말하느냐고 묻는 사람들을 늘 마주쳐야 했다. 초급 영어 회화반에서도, 여행을 위한 스페인어 강습반에서도 그런 사람들은 늘 있었다. 독일어 문법반이나 한자 자격증 시험반이라도 예외는 없었다. 그것은 을이 가르치는 입장이 되어도 마찬가지였다. 그럼에도 불구하고 (앞서 여러 번 강조하였듯이) 을은 늘 정중하므로 시-발-년, 좆-같-은-새-끼 하고 천천히 말해준다. 그러면 그들은 써먹을 수 있다는 기대에 열 번이고 스무 번이고 연습한다. 시-발-년 좆-같-은-새-끼 시-발-년 좆-같-은-새-끼 시-발-년 좆-같-은-새-끼 시-발-년 좆-같-은-새-끼.

을은 학교에 갈 준비를 했다. 책과 시디를 가방에 넣고 텀블러와 티백도 함께 넣었다. 책상 서랍에서 지갑을 꺼내 열쇠와 함께 넣었다. 학교는 삼십 분 정도 걸어가면 도착할 수 있는 거리에 있었다. 을은 아직 조용한 거리를 천천히 걸었다. 이곳의 사람들은 이곳을, 흰색 벽과 오래된 햇살의 도시로 정의했다. 오래된 길이 있고 길 위에는 흰색 벽이 있고 흰색 벽 위에는 오래된 햇살이 내려앉아 있다. 집들은 흰색 벽의 연속이었고 집 안도 끊임없는 흰색 벽의 흐름이었다. 이곳의 흰색 벽은 몇 가지 표정을 가지고 있었다. 어떤 흰색 벽은 메마르고 단정한 표정을 지었다. 마치 간호사처럼. 그런 흰색 벽은 서울에 가도, 도쿄에 가도, 뉴욕에 가도, 런던에 가도 있었다. 그것은 병원의 대기실과 교실의 복도와 평균적인 아파트의 표정이었다. 그런가 하면 을이 머무는 호텔방의 흰색 벽은 그와 조금 달랐다. 을은 호텔방의 흰색 벽을 볼 때마다 언젠가 영화에서 본 듯하다고 생각했다. 을은 그 영화의 제목을 끝끝내 기억할 수 없었다. 실제로 어떤 영화를 본 것인지 아니면 호텔의 흰색 벽이 숨겨진 이야기 같은 것을 호출하는 것인지는 알 수 없었다. 다만 을은 흰색 벽을 보면, 가난하고 불량한 남자를 사랑했던 가난하고 불량한 여자가 떠올랐다. 그 여자의 이름이 베라였던가. 을은 그것이 러시아 영화 같다고 생각했다. 호텔방의 흰 벽은 칠십 년대 러시아 영화에 나올 법한 표정을 짓고 있었다. 그것은 병원 대기실의 흰색 벽과는 다른 표정이었다. 메마르고 단정한 것이 아닌, 낡고 지친 사람의 표정이었다. 그런가 하면 공원 근처의 집들은 지극히 안정된 얼굴을 하고 있었다. 길을 따라 이어진 흰색 벽들의 행렬은 차가워 보인다거나 지루해 보이지 않았다. 오래된 햇살이 그 위를 덮고 있기 때문이었다. 이 도시는 흰색 벽을 덮고 있는 햇살만큼이나 나이 들었다. 하지만 실제로는 무엇이 더 오래되었는지 모를 만큼 이 도시와 햇살과 흰색 벽은 서로에게 익숙했다. 아마 그 흰색 벽의 집들에 살고 있는 사람들도 그들에 익숙할 것이다. 버스를 타고 대학가 근처로 가면 도시의 분위기는 조금 가벼워졌다. 대학가 근처는 조금 더 시끄러웠고 조금 더 활기찼다. 세계 모든 도시의 대학가들처럼 말이다. 을은 자동차의 경적 소리나 취객의 고성 같은 것은 참을 수 있었다. 그것은 그냥 소리였다. 아무런 의미도 없는 그저 소리였다. 오히려 을은 기계들이 내는 소리들은 좋아하는 편이었다. 자동차 엔진 소리나 냉장고 돌아가는 소리, 가스레인지 밸브 돌리는 소리, 그리고 무엇보다 공장 지대에서 나는 소리. 반면에 을은 정말이지 대화 중에 목소리를 높이는 사람들이 싫었다. 다행히도 이곳에는 쓰레기차에 던져버리고 싶은 사람들이 적었다. 호텔 근처에서 만날 수 있는 사람들은 흰색 벽들과 오래된 햇살에 익숙한 사람들이었고 그들은 주로 '그 모든 것에 익숙한 표정'으로 대화를 했다. 수다스럽지도, 언성을 높이지도 않았다. 그것은 다행한 일이었다. 을은 사람들의 목소리는 싫었지만 도시는 언제나 좋았다. 흰색과 검은색의 빽빽함, 건물들은 침묵을 지키고 자동차들은 예측할 수 있는 소리를 냈다. 을은 도시가 갖고 있는 기계적임에서 안정을 찾았다.

　을이 자라온 곳은 공장 지대를 끼고 있는 도시였다. 매연이 하늘을 뒤덮고 있었고 늘 어디선가 수상한 기름 냄새가 났다. 그리고 묵직한 기계 돌아가는 소리. 실제로 그 소리들을 높다고 해야 할지 낮다고 해야 할지 을은 확신할 수 없었다. 공장 지대의 기계 돌아가는 소리는 높은 음인지 낮은 음인지. 그 소리들은 높이보다는 넓이로 설명할 수 있었다. 묵직하게 장소를 잡아먹는, 지하에서부터 들려오는 소리. 그곳을 지날 때면 을은 매번 기침이 났다. 기계들은 오른쪽에서 왼쪽으로 왼쪽에서 오른쪽으로 움직였다. 묵직하고 믿음직스러운 소리였다. 천 년도 넘게 계속되었고 지구가 멸망해도 계속 들릴 것 같았다. 을은 자동적으로 기침을 했고 그 기침은 공장 지대가 보이지 않을 때까지 계속되었다. 온몸을 흔드는 기침에 눈은 매웠고 목은 따갑고 그 와중에 그 믿음직한 기계들의 소리는 계속되었다. 도시 안에 공장은 많았고 각각의 공장 안에 기계들은 많았다. 그래서 기계들의 소리는 단지 소리가 아니라 파장 같기도 했다. 거대한 움직임, 거대한 울림. 기계들은 소리와 떨림을 함께 만들었고 그 안에서 을은 허리를 꺾어대며 기침을 해댔고 휴지로 콧물을 닦았다. 어릴 때 을은 한참 동안을 그런 상태로 있는 것을 좋아했다. 그런 상태의 정점에 서면 고통보다는 희열이랄까, 실로 온몸이 가벼워지는 것을 느낄 수 있었다. 물론 그러다 집에 들어오면 쓰러지듯 잠이 들거나 생강차를 한 주전자 마셔야 했지만, 을은 약을 먹거나 조금 피곤해지는 것은 아무것도 아니라는 생각을 했다. 나이가 들어서도 을은 술이나 담배, 마리화나나 LSD를 해보고 싶다는 생각이 조금도 들지 않았다. 을을 취하게 하는 것은 공장 지대의 한가운데였지 술이나 약이 아니었다. 을은 문득 만약 사람들이 말을 하지 않고 산다면 공장 지대 같지 않을까 싶었다. 아니다. 그토록 균일한—심지어 변화조차도 균일한—소리이고 파장일 수는 없을 것이다. 말을 할 수 없다 해도 사람들은 꾸준히 종교를 강요할 것이고 어제 만난 사람은 누구냐고 추궁할 것이며 화장이 웃기다고 핀잔을 줄 것이다. 달라지는 것은 없을 것이다. 을은 확신했다.

을의 확고한 관점에서 볼 때 민주는 다른 사람들과는 많이 달랐다. 민주는 남에게 강요하는 목소리를 내지 않았다. 유들유들한 목소리도 내지 않았다. 그런 목소리들은 위협하는 목소리보다 더 폭력적이었다. 을은 민주의 목소리와 민주와 나누는 대화가 좋았다. 민주는 자신의 목소리를 내면서 침묵의 행간을 짚어낼 줄 알았다. 그런 사람은 드물었다. 민주는 공평했고 사려 깊었고 을은 그런 민주를 알아볼 수 있었다. 민주의 사려 깊음은 한 사람을 향한 것이 아니라 모든 사람을 향한 공평한 것이었다. 그 말을 달리

하자면 민주의 무관심은 지극히 공평했다. 하지만 민주는 대개 늘 사려 깊었고 주변의 사람들은 민주의 사려 깊음이 무관심으로 바뀌는 과정을 잘 알아채지 못했다. 물론 무관심이 사려 깊음으로 녹아드는 과정도 말이다. 그것이 민주의 예의 바름이었다. 을은 민주의 그런 점이 그의 미덕이라고 생각해왔고 아마 앞으로도 그럴 것이다. 하지만 민주의 얼굴을 보고 있으면 을은 그 모든 것을 잊어버렸다. 끝없이 요구하고 어깨를 붙잡고 흔들었다. 나는 말하고 있지 않지만 그럴 때까지도 내 이야기를 들어줘. 내가 무슨 생각을 하고 있겠어. 을은 민주에게 호소했다. 을은 자신이 가장 싫어하는 것을 늘 민주에게 요구했다. 언제나, 처음부터 끝까지 언제나 말이다.

을은 대학의 정문을 지나다가 문득 걸음을 멈추었다. 그런데 민주는 왜 그렇게 일찍 집을 나선 것일까. 을은 다시 걸음을 옮기기 시작했다. 천천히 대학 건물로 들어갔다. 강의실은 일층이다. 서쪽으로 난 긴 복도를 따라 끝에서 두번째 방이다. 을은 시간을 확인해보았다. 수업 시작까지 십오 분이 남았다. 전기포트에 물을 끓이고 텀블러에 담기에 충분한 시간이다. 그리고 티백을 넣을 수도 있을 것이다. 여보세요. 은행에 어떻게 갑니까. 을의 머릿속에서 그 문장들은 쉼 없이 맴돌고 있었다. 실례합니다. 길 좀 묻겠습니다. 민주. 은행에 어떻게 갑니까. 민주. 은행에 가는 길을 알려줘. 민주. 민주. 민주. 나의 민주. 을은 민주가 앞에 있는 것처럼 그

렇게 호소했다. 나의 민주, 민주, 하고 끊임없이, 처음부터 끝까지
말이다.

4

민주는 이곳에 온 후, 일이랄 만한 것은 아무것도 하지 않았다. 하지 않아도 되었기 때문이다. 민주는 양념된 고기를 나르지도 않았고 트럭을 몰지도 않았다. 책 더미를 이고 다니지도 않았고 500cc 잔을 씻지도 않았다. 빨래를 하고 청소도 하고 요리도 했지만 그것은 정말로 소소한 일이었다. 그것이 가능해진 것은 우선 을과 함께 살기 때문이고 또한 여기서는 민주가 할 수 있는 일이 없기 때문이다. 아무래도 두번째 이유가 더 클 것이다. 을이 삼 개월 전 이곳에서 일을 시작하기 이전까지 둘은 함께 살았다. 그때나 지금이나 민주는 가만히 을을 바라보고 을이 무슨 이야기를 하는지를 들었다. 달라진 것이 있다면 이곳에서 을의 이야기를 듣는 것이 훨씬 더 힘이 든다는 것이었다. 을은 더욱더 많은 이야기를, 더 길어진 이야기를 쏟아부었다. 민주는 그때마다 정말로 을의 지난 시간들이 궁금했다. 지금과 크게 다르지 않을 거라는 생각이 들긴 했지만. 민주는 을이 쏟아붓는 알아듣기 힘든 이야기들을 들으며 '노을, 노을' 하고 마음속으로 속삭였다. 을, 어떻게 이름이 노을이야? 꼭 병들기 위해 태어난 사람 이름 같아. 서서히 져버릴 것만 같아. 민주는 을의 이름은 누가 지은 것일까 하고 생각했다. 한번도 보지 못한 예민할 것이라고 짐작되는 얼굴을 그려보았다. 왜 나보다 열 살은 더 많은 을은 이렇게 늘 어딘가로 사라져버릴 것처럼 내게 호소하는 거지? 민주는 을을 바라보면서도 늘 그렇게 마음속으로 물었다. 을, 을, 을 하고 말이다. 을에게서는 정말로 성장이나 변화의 기점이 없는 사람의 표정이 보였다. 어려서는 조숙했고 그로 인해 고독했고 늘 언제나 괴로울 사람의 표정 말이다. 민주는 을의 지난 시간에 대해서는 아는 것이 별로 없었다. 하지만 알 수 있었다. 을은 노을처럼 늘, 처음부터 언제나 지고 있어. 민주는 을이 사람들의 목소리를 견디지 못하는 것을 잘 알았다. 을은 사람들의 목소리가 싫다고 민주에게 호소했다. 그 호소는 길고 장황했다. 민주, 민주. 내가 어떻게 싫어하는지 알아? 얼마나 싫어하는지 알아? 을은 꼭 다문 입술을 민주 앞에서만 열었다. 그리고 울먹였다. 쏟아부었다. 다그쳤다. 을의 목소리는 불안정했다. 을은 불안정한 목소리로 다시 호소했다. 그러다, 민주에게 다가가 가만히 기댔다. 나는 정말로 싫어. 민주는 아무 말 없이 가만히 있었다. 민주가 이곳에 오기 전 일을 할 때에는 팔로 을을 떼어놓고는 괜찮으냐고 물었다. 가끔 민주는 나 정말로 피곤해,라고 말했다. 아주 가끔 민주는 그날 얼마나 일이 힘들었는지 설명하려다 말았다. 너무 힘들어, 아주 가끔 말을 삼켰다.

민주는 호텔을 빠져나와 천천히 걸었다. 걸음을 옮길 때마다 열이 나는 것 같았다. 그럼에도 한참을 걸었다. 이곳의 거리는 복잡하지도, 붐비지도 않았다. 민주는 사람들에게 치일 염려도 없이 천천히 걸어나갈 수 있었다. 하늘 어딘가에서 사선으로 시작된 햇살은 민주를 통과한 후 앞으로 나아갔다. 민주는 등 뒤를 덮은 햇살이 따뜻하다고 느꼈으나 그것이 자신을 데워줄 수는 없음을 알 수 있었다. 햇살은 길을 데울 수는 있었으나 민주를 데울 수는 없었다. 민주는 여전히 심한 한기를 느꼈다. 이곳의 길들은 비슷해 보였다. 한산한 길들이었고 길 왼쪽으로는 자전거들이 다녔다. 낯익은 회색 길들의 연속이었다. 그리고 그 위를 천천히 걸어나가는 것이다. 마치 점처럼 말이다. 점의 연속은 선이다. 민주는 선의 정의를 처음 배웠던 초등학교 때의 수학 시간이 문득 기억났다. 그때는 그것이 몹시 놀라웠다. 새로운 정의와 규칙을 처음 듣고 그것을 이해하는 일은 늘 놀라운 것이었다. 민주는 걸음을 멈추었다. 문득 주위를 둘러보니 그곳은 처음 보는 낯선 곳이었다. 그럼에도 앞서 걸었던 곳들과 비슷해 보였다. 이 도시는 중심가를 제외하고는 모두 똑같은 길의 연속이었다. 흰색 벽들과 회색 길들이 이어지고 합쳐지고 다시 이어지며 이 도시를 만들었다. 길은 모두 조금씩 달랐지만 결국은 같은 모양이었다. 하지만 결국에는 모든 것이 그랬다. 문득 무언가를 둘러보기 시작하면 늘 낯선 곳이었다. 설령 그곳이 익숙한 곳이라도 말이다. 문득 방 안을 떠다니는 가벼운 먼지 같은 것이 눈에 띈다. 먼지의 움직임을 따라 시선을 옮기면 방 안은 낯설어 보이기 시작했다. 시선을 천천히 왼쪽에서 오른쪽으로, 혹은 오른쪽에서 왼쪽으로 옮긴다. 방 안의 무언가가, 이를테면 뒷모습 같은 것이 눈에 걸린다. 그때 함께 있는 사람의 등은 더없이 아름다워 보인다. 왜냐하면 그것은 낯선 사람의 등이기 때문이다. 말을 하지 않고 그대로 서 있기만 하는 등 자체의 모습으로 서서히 드러나기 때문이었다. 아름다운 등, 위태로운 뒷모습. 다시 말을 걸기 전까지, 다시 손을 뻗기 전까지 온전히 아름답고 그리하여 불안한 등, 그 뒷모습. 그것은 문득 주위를 둘러볼 때만 보이는 것이었다.

민주는 멈췄던 걸음을 다시 옮겨 왼쪽 멀리로 보이는 갈색 건물을 향해 나아갔다. 그 건물은 지역 고교 연극반들을 위한 연습장이며 극장이었다. 건물 앞에 도착하자 그것은 갈색이라기보다는 붉은색에 더 가까운 색의 벽돌 건물이었다. 민주는 무슨 생각이었는지 문을 밀었다. 당연히 닫혀 있을 것이라는 생각에 기대 없이 밀었으나 문은 아주 쉽게 열렸다. 문을 열자, 짧은 복도가 보였고 복도의 끝에는 큰 문이 있었다. 민주는 역시나 기대감 없이 큰 문을 열었다. 허나 그 역시 아주 쉽게 열렸다. 문을 열자 극장이 보였다. 마룻바닥이 깔린 작은 극장이었다. 검은색 벨벳 천으로 싼 나무 상자들이 여기저기 쌓여 있었다. 문 쪽에는 쉽게 접을 수 있는 의자들이 차곡차곡 쌓여 있었다. 민주는 차가운 마룻바닥에 주저앉듯이 앉았다. 그리고 바로 옆의 의자 더미에 머리를 기댔다. 기름과 나무 냄새가 섞인 냄새가 바닥에서부터 옅게 피어올랐다. 민주는 그와 함께 몸 안의 의지나 힘, 숨 같은 것이 서서히 마룻바닥에 앉는 소리를 들을 수 있었다. '그것이 끝이었다.' 민주의 힘과 의지 같은 것은 그렇게 단정적인 목소리로 모든 것을 결정지었다. '그것이 끝이었다.' 이렇게 말이다.

5

윤과 바원이 살던 집은 옆이 약간 긴 형태의 오래된 집이었다. 맨 왼쪽 방이 민주가 머물렀던 방이었다. 가운데 방은 윤과 바원이 머물렀던 곳, 오른쪽은 부엌이었다. 민주가 그곳에 갔던 첫날, 그들은 부엌에서 물을 끓여 큰 나무통에 부어주었다. 민주는 뜨거운 물속에 잠겨 그들에게 어떤 말을 해야 할까 하고 생각했다. 그가 하려던 말은 분명했다. 어쩌면 그것은 하려던 말이라기보다는 해야 할 말에 가까웠다. 민주는 윤과 바원의 집에 도착하기 전까지 그것이 어려울 거라고 생각지 않았다. 그것은 단지 안부 같은 것이었다. 하지만 민주는 뜨거운 물속에서 왠지 그것이 어려울 거라고 느꼈다. 아무런 이유도 없는 막연한 추측이었다. 민주는 그저 밤이 늦었으니 내일 말하지 뭐, 하고 생각하며 다시 뜨거운 물속에 푹 잠겼다. 한참을 그렇게 뜨거운 물속에 잠겨 있었다. 물은 서서히 식어갔고 민주는 물속에서 천천히 일어났다. 몸을 닦고 옷을 갈아입고 나오니 바원은 윤의 머리를 땋아주고 있었다. 민주는 수건을 옷걸이에 걸어두고 그 옆에 앉았다. 윤은 정말 곧게 앉아 있었다. 약간은 긴장되어 보일 정도였다. 바원은 익숙한 손길로 윤의 머리를 땋고 있었다. 짚으로 신발을 만들거나 베를 짜는 일처럼 익숙한 집안일을 하듯. 윤을 좀더 예뻐 보이게 하기 위해서 머리를 땋아주는 것이 아니라 매일매일 해야 하는 일을 하듯. 그렇다고 바원이 귀찮아 보였던 건 아니었다. 다만 묘하게 바원이 바느질이나 신발을 삼고 있는 것처럼 보였다는 것이다. 그 순간에는 말이다.

다 되었어.

바원은 윤의 어깨를 살짝 두드렸다. 윤은 뒤돌아 앉으며 땋은 머리를 찬찬히 쓰다듬었다.

고마워.

바원과 윤은 얇은 돗자리를 방 안에 깔았다. 그들은 돗자리 위에 누웠다. 민주와 바원 사이에 윤이 누웠다. 윤은 방금 전 바원이 땋아준 머리를 어깨 위로 내어놓았다. 이내 고요한 숨소리가 들렸다.

잘 자.

바원은 잠결인 듯 말했다.

네.

민주는 잠결에 대답했다. 민주는 아무런 긴장감도 없이 잠이 들었다. 온갖 긴장감이 풀린 잠 그 자체인 잠. 처음과 끝이 분명하게 있는 잠.

눈을 뜨니 이른 아침이었다. 윤과 바원은 아침을 준비하고 있었다. 민주는 왼쪽 방으로 가 편한 신발을 꺼내왔다. 그리고 집 밖으로 나와 이른 아침의 공기를 맞았다. 아침의 공기란 시원하고 청량한 것이었다. 나뭇잎들은, 가지들은 가볍게 떨고 있었다. 옮기는 걸음마다 그 떨림이 민주에게로 와 전해졌다. 발걸음은 나뭇잎처럼, 그 나뭇잎을 흔드는 아침의 바람처럼 가벼웠다. 민주는 천천히 나무들을 따라 걸었다. 그러고는 다시 나무들을 따라 되돌아왔다. 발걸음은 여전히 나뭇잎처럼, 아침의 공기처럼 가볍고 상쾌했다. 집으로 돌아가 윤과 바원을 도왔다. 민주는 미역이 든 국을 윤, 바원과 함께 먹었다. 윤과 바원은 서두르지 않고 아침을 먹었다. 식사를 끝낸 후 그들은 집 뒤쪽에 난 길을 따라 걸었다. 그 길을 따라 한참을 걸으면 바닷가가 나왔다. 바다가 가까워질수록 소금을 머금은 무거운 공기가 다가왔다. 그날은 안개가 긴 따뜻한 날이었다.

얼마쯤 걸었을까. 길의 끝을 알리는 표지판이 나왔다. 길의 끝이었다. 끝을 알리는 허물어진 나무 표지판은 바다의 시작이었다.

그들은 신발을 벗어 손에 쥐고 끝이며 시작인 그곳에 발을 디뎠다. 모래는 따뜻하고 부드러웠다. 모래의 결은 고왔고 발가락 사이로 따뜻한 모래들이 스며들었다. 민주는 모래에 충분히 발을 적시며 바다를 향해 천천히 걸어나갔다. 그들 앞에는 모래밭과 바다와 안개가 펼쳐져 있었다. 안개는 바다를 가득 채웠다. 어디서 시작되고 있는지 알 수 없는 안개였다. 민주와 윤은 바다 쪽으로 다가갔다. 바원은 모래 위에 앉았다. 바다 쪽으로 다가갈수록 안개는 더욱 분명했다. 윤은 땋은 머리를 어젯밤처럼 어깨 앞으로 내어놓고 걷고 있었다. 민주와 윤은 바닷물을 머금은 모래를 밟고 있었다. 어느 순간 바닷물이 민주와 윤의 발을 적셨다. 바닷물은 차가웠다. 참을 만한 정도의 차가움이었다. 민주와 윤은 바다를 향해 빠르게 걸었다. 바닷물은 발과 종아리를 적셨다. 바닷물이 윤과 민주의 발을 충분히 적시자 그들은 다시 모래사장 쪽으로 빠르게 걸었다. 윤이 내뱉는 가쁜 숨은 안개 속으로 스며들어갔다. 민주는 윤의 옆에서 그 모든 것을 느낄 수 있었다. 윤의 가쁜 숨은 안개 속으로 스며들어갔고 안개 속에는 윤의 숨이 녹아 있었고 안개는 천천히 밀려 민주에게로 다가왔다. 윤의 숨은 파도처럼 밀려 민주에게로 다가왔다. 바닷가는 안개로 뒤덮여 있었지만 팔을 길게 뻗으면 먼 곳에 있는 햇볕이 느껴졌다. 민주와 윤은 다시금 바다를 향해 천천히 걸었다. 이전처럼 빠른 걸음이 아니라 아주 느긋한 걸음으로 바다를 향해 갔다. 그리고 그것을 반복했다. 바다를 향해 빠르게 걷다, 다시 천천히 걷는 것을 말이다. 바다는 끊임없이 밀려왔다가 사라졌다. 바다는 그것을 반복했고, 밀려오는 순간에는 어김없이 민주와 윤의 발을 적셨다. 바다는 여전히 안개에 차 있었다. 민주는 바다에 와 있다기보다는 안개 속에 있는 느낌이었다. 민주가 고개를 돌려 모래밭을 쳐다보면 바원은 안개 속에 희미하게 잠겨 있었다. 한참을 바닷가를 뛰어다니던 민주와 윤은 모래밭으로 돌아갔다. 젖은 발에는 모래가 가루처럼 곱고 균일하게 붙었다.

민주와 윤과 바원은 모래 위에 누웠다. 모래는 따뜻했다. 감은 눈 위로 햇볕의 움직임이 느껴졌다. 모래 위에 눕자 햇볕을 비로소 느낄 수 있었다. 안개에 가려 느낄 수 없었던 것을 말이다. 안개는 길고 거대하고 옅은 구름 같았는데 구름보다 가까웠다. 안개는 세 사람 위에서 움직이고 있었고 그보다 더 높은 곳에 있던 햇볕은 안개를 통과해 그들에게 다가왔다. 그렇게 한참을 누워 있었다. 민주는 어젯밤의 잠처럼, 이것은 어떤 그 자체라는 생각이 들었다. 잠 그 자체의 잠, 꿈 그 자체의 꿈처럼 어떤 그 자체. 민주는 이 시간을 어느 순간에라도 소리 내어 불러내지 않겠다고 안개에 대고 속삭였다. 아무도 듣지 못하게 은밀한 목소리로 말이다. 이것은 실제로 불러내어지지 않는 어떤 그 자체였다. 이 바다는, 저 안개는, 소금기 섞인 바람은, 무거운 구름은, 민주와 윤과 바원은. 민주와 윤은 그러다 다시 일어나 바다를 향해 걸었다. 바다를 한

참 동안 바라보기도 했고 다시 바다를 따라 걷기도 했다. 바다가
둘의 발을 충분히 적셨다는 생각이 들면 다시 모래밭으로 돌아가
바위 옆에 나란히 누웠다. 민주는 너무 좋다라거나 또 오자라는
식으로 입을 떼지 않았다. 실제로 그런 말들이 입안에서 맴돌기는
했지만 입 밖에 낼 수 없었다. 그저 모래밭 위에 앉아 안개를 보았
다. 어떤 그 자체의 순간이 오면 사람들은 그것이 그 어떤 것임을
분명히 알 수 있다. 그리고 그런 시간에 대해서는 침묵하는 것이
다. 그래야 한다는 것을 알 수 있었다. 누구라도.

6

아침 일찍 집을 나선 민주는 밤이 되어도 돌아오지 않는다. 민주. 민주. 유일하게 소리 내고 싶은 민주. 을은 옷을 갈아입지도 않은 채로 침대 위에 털썩하고 누웠다. 민주. 을은 유일하게 듣고 싶은 민주의 목소리를 떠올린다. 그리고 민주의 목소리와 함께 따라다니는 민주의 연필 소리, 성냥을 긋는 소리를 떠올렸다. 사각거리는 민주의 연필, 그리고 그것이 내는 소리. 또한 다른 손가락에 쥐고 있는 성냥을 떠올렸다. 그 모든 것들을 떠올리며 옷을 벗었다. 화장실로 가 샤워기를 켰다. 을이 좋아하는 샤워기 소리, 밸브 소리, 그러나 무엇보다 민주의 소리. 유일하게 부르고 싶은 민주. 을은 그것들을 떠올리며 머리카락과 몸을 적셨다. 을은 샤워를 끝내고 잠이 들 때까지 민주의 소리를 생각했다. 민주. 나의 민주. 유일하게 소리 내고 싶은 나의 민주. 유일하게 듣고 싶은 나의 민주.

7

그러니까 뭐랄까. 이 돈 벌어다 영화관에 몽땅 헌납하는 것이 아닌가 싶은 생각이 문득 들었다. 씨안은 스스로에게 영화관에 왜 이렇게 자주 가는 것이지 하고 물었다. 대답을 찾을 수 없었다. 하지만 딱히 궁금하지도 않았다. 씨안은 바쁘지 않았고 앞으로도 당분간은 바쁘지 않을 것이었다. 극장에 매일 가면 어떤가.

　씨안의 일과는 대충 이러했다. 아침에 일어나면 베이글과 과일을 차와 함께 빨리 먹는다. 그러고 나서 방들을 돌아다니며 하우스키핑을 한다. 하우스키핑을 마치면 보통 열두시가 넘어 있다. 점심은 대개 삶은 국수에 콩이나 야채를 올려 먹었다. 아침에 먹던 과일이 남았으면 그것과 함께. 그 전날 볶은 국수나 새우야채 볶음 같은 것을 사뒀으면 사둔 것을 먹기도 한다. 하지만 보통은 공동부엌에서 국수를 삶아 남아 있는 재료를 얹어 먹는다. 그리고 영화관에 가는 것이다. 영화관까지는 걸어서 사십오 분쯤 걸렸다. 씨안이 주로 가는 영화관은 상영관이 하나뿐인 동네 영화관이다. 이 영화관의 프로그램은 '최근 개봉작'과 '예전 영화 중 괜찮은 것들'이 적절히 섞여 짜여 있다. 버스를 타고 대학가로 나가면 인디영화 상영관에 갈 수도 있고, 쇼핑센터 쪽으로 가면 블록버스터나 인기 있는 영화를 틀어주는 큰 극장에 갈 수도 있다. 하지만 씨안은 주로 이 작은 극장에 간다. 프로그램도 괜찮은 편이고 걸어서 갈 수도 있다. 무엇보다 씨안은 이 극장의 문을 열고 표를 사고 상영관의 문을 열고 낡은 의자에 앉는 과정을 좋아했다. 씨안은 이 극장의 낡은 의자에 앉으며 뭐라 설명할 수 없는 편안함을 느꼈다. 그래서 영화를 보러 극장에 가는 것인지 아니면 단지 극장에 가는 행위 자체 때문에 극장에 가는 것인지가 늘 헷갈렸다. 그렇게 영화를 보고 나면 시간은 네다섯시쯤 되었다. 영화가 끝나면 씨안은 극장 옆에 붙어 있는, 극장 못지않게 작고 낡은 서점에서 책을 보았다. 그 서점은 극장만큼이나 오래되었고 잡지도 며칠씩 늦게 들어왔지만 씨안은 책을 살 일이 있으면 늘 그 서점에서 샀다. 극장에 가는 것처럼 그 서점에 가는 것이 습관이기도 했고 무엇보다 그 서점에는 꼭 필요한 책들만이 책장을 채우고 있었다. 말하자면 그 서점에는 주식투자 방법론이나 뉴욕 패션잡지 에디터가 낸 에세이 따위가 없다는 것이었다. 물론 씨안이 매일 극장에 가기만 하는 것은 아니다. 때때로 씨안은 버스를 타고 시장으로 가기도 했다. 한 달에 한 번쯤 마음을 먹고 시장에 가는 것이었다. 허나 그렇다고 음식을 잔뜩 사는 것은 아니었다. 오래 두고 먹을 수 있는 말린 과일 한두 봉지와 소시지 정도가 다였다. 그러고는 돌아와 역시나 공동부엌에서 뭔가를 만들어 저녁으로 먹었다. 점심처럼 삶은 국수를 먹을 때도 있었고 감자를 먹기 좋게 잘라 치즈와 함께 오븐에 돌려 먹기도 했다. 그러고는 방으로 돌아와 서점에서 산 책을 보거나 그날 본 영화에 대해 짧은 감상을 쓰기도 했다. 그러고도 자기에는 이른 시간이었다. 씨안은 밖으로 나와 맥주 한 병을 사서 건물 옥상으로 올라갔다. 멀리서 반짝이는 건물의 불빛들, 그보다 더 멀리서 들리는 개 짖는 소리 같은 것들과 함께 맥주를 마셨다. 금요일을 제외한 날들은 그렇게 보냈다.

금요일은 좀 달랐다. 금요일은 건물 대청소 날이기 때문에 부엌 구석구석을 세제로 닦거나 커튼을 뜯어 세탁소에 맡기거나 해야 했다. 화요일은 쉬는 날이라 늦잠을 자거나 사과와 땅콩 같은 것을 들고 옥상으로 올라가 책을 보았다. 그림을 그릴 때도 있었고 노래를 부를 때도 있었다. 같이 하우스키퍼로 일하는 친구들과 술을 마시거나 이야기를 하거나 둘 다를 함께 할 때도 있었다.

씨안이 묵고 있는 이곳은 장기 투숙자를 위한 호텔이다. 물론 시설이 호텔만큼 좋은 것은 아니었다. 그런 이유로 숙박비는 호텔보다 쌌다. 어쨌거나 씨안은 이곳에서 일하기 때문에 숙박비는 내지 않아도 되었다. 씨안은 숙박비 면제와 함께 앞서 말한 것들을 하기에 부족하지도 넉넉하지도 않을 정도의 주급을 받았다. 그녀는 하우스키핑을 시작하며 새로운 습관이 생겼다. 그것은 무엇이든 늘 하나만 사는 것이었다. 씨안은 일주일에도 몇 번씩 맥주를 마셨지만 늘 한 번에 한 병씩만 샀다. 그것은 다른 것도 마찬가지였다. 책도 한 권 이상은 사지 않았다. 곰곰이 생각해보고 정말 읽고 싶은 책만 한 권 사는 것이다. 커피도 한 봉지만, 땅콩도 한 봉지만. 그렇게 아주 조금씩, 대신 자주 샀다. 시간이 지날수록 점점 간소해지고 싶고 간단해지고 싶고 가벼워지고 싶었다. 그녀는 이 생활에 아무런 불만이 없었다. 오히려 깊이 사랑하고 있었다. 솔직히 말한다면, 할 수만 있다면 좀더 오래 이 생활을 유지하고 싶다고 생각했다. 할 수만 있다면 좀더 오래. 씨안은 극장 문을 열고 매표소 쪽으로 다가갔다. 표를 사며 직원에게 인사를 건넸다. 그녀는 거의 매일같이 이 시간에 이 극장에 왔고 매표소 직원은 그녀를 스스럼없이 대했다. 둘은 가벼운 인사를 한 후 좋아하는 영화에 대한 이야기를 나눴다. 씨안은 그에게 오늘 상영하는 영화를 보았느냐고 물었다.

아. 나는 내일 아침 시간에 보려고.

그는 표를 내어주며 말했다. 표를 주머니에 넣고 극장 문을 열었다. 극장 안에는 씨안을 포함하여 네 명의 사람이 앉아 있었다. 사람들이 좀더 온다고 해도 극장 안에 있는 사람이 열 명을 넘지는 못할 것이다. 씨안이 영화를 보러 극장에 오는 시간은 늘 한산했다. 심지어 극장에 혼자 앉아 영화를 본 적도 있었다. 이것은 단지 시간 문제만은 아닐 것이다. 어쨌거나 이 극장은 상영관 하나의 작은 동네 극장이었다.

극장 안의 의자는 극장만큼이나 오래되었다. 요즘 극장들의 의자에 비해 확실히 넓었고 앉으면 의자 안의 스프링이 삐걱거리는 소리가 났다. 서너 명의 사람들이 더 들어와 앉았다. 삐걱거리는 소리가 간간이 들렸다. 극장 안의 불은 꺼졌다. 사람들은 등을 의자에 기댔다. 삐걱거리는 소리는 다시 시작되었다. 그러는 와중에 영화는 서서히 시작했다.

영화의 처음은 느리고 조용했다. 스크린 가득히 흰 벽이 보였다. 그 벽은 신경 써서 하얗게 칠한 벽이 아니었다. 어쩌면 오래전에는 그렇게 보였을지도 모르겠다. 신경 써서 칠한 분명한 흰색의 벽으로 말이다. 그러나 지금은 분명 흰 벽이었음에도 오래되고 낡은 흰색의 벽으로 보였다. 단지 흰 벽이라고 말하기에 주저되는, 그러나 회색도 상아색도 아닌 오래된 흰색으로 말이다. 그 흰 벽에 기대고 한 여자가 앉아 있었다. 흰 벽이 있는 장소는 집 같기도 했고 오래된 교실 같기도 했고 스튜디오 같기도 했다. 여자는 한참을 벽에 기대어 앉아 있다가 서서히 일어났다. 이른 아침이었는데 여자는 산책을 나섰다. 짚으로 엮은 가방을 들고 말이다. 여자는 어딘가로 걸어갔다. 그녀가 원래 있던 곳은 도시는 아니었으나 그렇다고 아주 외진 곳 같지도 않았다. 여자는 빠른 걸음으로 걷고 있었다. 길은 점점 도시에 가까워졌다. 그녀는 상점에 들어가 과일과 빵을 쓸어 담았다. 상점에는 아무도 없었다. 주인도 없었다. 그러고 보니 여자가 길을 걷는 동안 여자 외에 다른 사람은 단한 명도 보이지 않았다. 그녀는 상점을 나와 계속해서 걸었다. 그러다 좀더 큰 가게에 갔다. 좀더 큰 가게로 들어간 그녀는 시리얼과 잡지, 국수, 초콜릿 등을 닥치는 대로 쓸어 담았다. 가방이 넘치자 가게 구석에 있던 쇼핑백에 마저 담았다. 여전히 사람은 아무도 없었다. 그러고는 가게를 나와 왔던 길을 되돌아갔다. 가끔씩 가방이 무거운지 쉬었다 가기도 했다. 그녀는 서두르지도 않았고 그저 천천히 왔던 길을 되돌아갔다. 그녀는 다시 흰 벽에 기대앉았다. 그러곤 무릎을 꼭 끌어안았다. 그 모습은 영화가 시작되던 첫 장면 같았다. 그녀는 무릎을 꼭 끌어안은 채로 한 손만 움직여 가방을 뒤졌다. 가늘고 긴 손은 가방을 한참 뒤지다가 빵을 하나 꺼냈다. 빵을 입에 우겨 넣었다. 잠시 후 문이 열리고 한 남자가 들어왔다. 그 역시 가방에 이런저런 음식과 담요, 휴지, 가스와 접이식 의자 같은 것을 들고 집 안으로 들어왔다. 그 역시 흰 벽에 기대고 앉았다.

좀 먹을래요?
그래.

그녀는 빵을 내밀었다. 그 역시 그녀처럼 빵을 입에 우겨 넣었다. 그녀는 가방에서 과일을 찾아 꺼냈다. 그녀는 사과를 그에게 건넸다. 그러고선 자기도 하나 베어 물었다. 그들은 계속 빵이나 과일 따위를 정말이지 맛없게 먹어댔다. 빵과 과일을 대충 다 먹

은 그들은 각자의 가방과 쇼핑백들을 창가로 옮겼다. 몇 개는 꺼
내서 정리하고 말이다. 그러고선 자리에 돌아와 앉아, 바닥에 있
는 흰 종이에 X표를 그렸다. 그 종이에는 X표가 연속적으로 그려
져 있었다. 남자는 X표를 그리고선 말했다.

칠십삼 일째야.
그러네요.
아무도 없어.
알고 있어요.
뭐라도 해야 해. 이러다 죽고 말 거야.
다들 죽었잖아요.
우리는 살았어.

그들은 한참 동안 말이 없었다. 영화는 시종일관 느릿느릿하
게 진행되었고 영화 속 배우들도 시종일관 진지했다. 하지만 중
간 중간 삐끗하는 유머들이 쉴 새 없이 튀어나왔다. 이를테면 가
게를 향해 걸어가던 여자가 걸음을 빨리하다가 다리를 삐끗해 우
스꽝스럽게 넘어지고는 뒤를 돌아보는 장면 같은 것이 그랬다. 길
위에는 아무도 없는데도 말이다. 음악 역시 영화 내내 튀었다. 뜬
금없이 빠른 왈츠가 깔리기 시작했고 한참 동안 말이 없던 그들
은 갑자기 뒤엉키기 시작했다. 남자는 여자를 벽에 밀쳤고 여자

는 남자의 바지를 벗겼다. 남자는 여자의 스웨터를 빨듯이 물었다. 그들은 옷을 반쯤만 벗고 뒤엉겼다. 그러는 와중에도 왈츠는 내내 계속되었다. 그들의 다양한 뒤엉킴은 화면에 계속되었다. 뒤엉키는 시간은 짧았으나 그들은 정말이지 계속해서 뒤엉켰다. 그리고 (역시나 뜬금없이) 밤이 되었다. 여자는 물티슈로 몸을 닦았다. 그러고서는 구석에 있는 노트북을 들고 방 안을 왔다 갔다 했다. 남자 역시 노트북을 들고 무언가를 열심히 자판에 쳐댔다.

없어지는 사이트들이 늘어가.
관리하는 사람이 없을 테니까요.
정말 아무도 없는 건가. 이럴 수는 없는데.
아빠. 저는 만화책이나 볼래요.

여자는 구석으로 가 쌓아둔 만화책들을 보았다. 그러고 보니 그녀와 그는 닮아 있었다. 나이 차이도 부녀 사이 정도는 되어 보였다. 그는 자판에 무언가를 자꾸 쳐댔고 그녀는 계속 만화책을 보았다. 그리고 누가 먼저랄 것도 없이 그들은 다시 엉겨 붙어 뒹굴기 시작했다. 음악은 더 스미스(the smiths)의 ⟨I know it's over⟩였다. 그들은 벽에 붙어서 움직이기도 했고 여자가 남자를 올라타기도 했다. 그렇게 밤이 왔고 그들은 엉겨 붙은 채로 잠이 들었다. 스미스의 ⟨I know it's over⟩는 점점 커졌다. 화면은 어둡기만 했고 모리세이의 목소리는 그 어둠 위로 크게 크게 울렸다. 아침이 되었다. 카메라는 위성 화면을 보여주듯이 텅 빈 마을, 텅 빈 도시, 텅 빈 지구를 멀리서 보여주었다. 건물과 자동차는 그대로였으나 사람은 아무도 없었다. 여자와 남자는 어제 가져온 빵들을 역시나 정말이지 맛없게 입속에 우겨 넣고 있었다. 그러고서는 다시 흰 벽에 기대어 엉겨 붙었다. 머리카락을 붙잡고 키스했고 벽에 머리를 찧기도 했다. 그렇게 또 한참을 뒹굴던 그들은 문득 모든 동작을 멈추고 서로의 얼굴을 바라보다가 시선을 문 쪽으로 향했다. 문에는 한 젊은 남자가 서 있었다. 힘이 없는지 손잡이를 꼭 붙잡은 채였다. 그들 사이로는 놀라움과 당황스러움과 부끄러움과 믿을 수 없음과, 그리고 반가움이 흘렀다. 다음 장면에서 그들은 접시에 담긴 빵과 과일을 가운데에 놓고 바른 자세로 음식들을 먹었다. 예의 바르고 얌전하게 말이다. 이때 깔린 음악은 전날 부녀가 뒤엉킬 때 나왔던 그 왈츠 음악이었다.

그래. 언제 이곳에 왔는가?

잘 모르겠습니다. 눈을 뜨니 산속 바위 밑이었고 산길을 따라 계속해서 걸었습니다.

다른 사람은 본 적 있어?

아니오. 없습니다. 새 한 마리 못 보았습니다.

그들 사이로 뻣뻣한 기운이 감돌았다. 부녀는 예전처럼 서로를 물고 빨며 뒹굴 수 없었다. 세 사람은 함께 걸어서 가게에 갔다. 그리고 음식과 옷, 휴지 등을 예전처럼 쓸어 담았다. 그러고는 집으로 돌아와 그것들을 나눠 먹었다. 그들은 음식을 나눠 먹으며, '더 먼 곳에 있는 가게를 가야 하지 않나', '기름과 가스를 어떻게 쓰는 것이 좋을까', '겨울이 곧 올 텐데 준비는 어떻게 하는 것이 좋을까', (역시나 뜬금없이) '농사를 지어야 하는 것이 아닌가' 같은 건설적인 주제를 두고 열띤 토론을 했다. 그들은 매일 매일을 건설적으로 또한 건강하게 보냈다. 누군가는 아직 접속 가능한 사이트들을 통해 정보를 얻고 누군가는 남은 음식들을 확인하고서는 멀리 있는 큰 가게에 다녀왔다. 그리고 또 누군가는 청소를 하고 요리를 했다. 두 명이 있을 때는 다른 할 일이 없다는 듯 뒤엉켜 뒹굴기만 했으나 세 명이 되자 그들은 나라라도 세울 듯이 열심히 일했다. 머릿속으로는 인류의 역사를 새로 쓰게 될지도 모른다는 비장하며 가슴 떨리는 상상을 했다. 그렇게 비장하며 건설적이고 청교도처럼 부지런한 날들이 흘렀다. 이때 깔린 음악은 스미스의 〈how soon is now〉였다. 그들은 모리세이의 목소리에 맞춰 쓸고 닦고 찾고 망치질하며 일했다. 그리고 어느 날 밤이었다. 깊은 밤이었다. 스미스의 〈how soon is now〉는 계속 깔렸다. 노동 후 피곤했던 그들은 깊은 잠에 빠졌다. 그런데 누군가가 살며시 일어나 어둠 속에서 칼을 들어 누군가를 찔렀다. 푹 하고 찌르는 소리와 끅 하는 비명이 짧게 순차적으로 들렸다. 또 다른 한 명은 가만히 일어나 앉아 그 모습을 지켜보았다. 칼을 들었던 이는 죽은 이의 시체를 질질질 끌고 나갔다. 모리세이는 계속 노래를 부른다. 방 안에는 다시 두 사람이다. 그들은 짙은 어둠 속에 앉아 있었고 누가 먼저랄 것도 없이 엉겨 붙어 뒹굴었다. 거친 숨소리가 방 안을 채웠다. 그 두 사람이 아버지와 딸인지 딸과 젊은 남자인지 젊은 남자와 아버지인지 알 수는 없지만 말이다. 어둠 속에서 그들은 열심히 뒹굴었고 그 위로 모리세이의 목소리가 울렸다.

8

씨안은 영화가 끝나고 서점에 갔다. 그 영화는 뭐라 설명하기 힘들게 이상한 영화였다. 한편으로는 연극 같기도 했다. 씨안은 연극에 대해 아는 것이 없었지만 왠지 배우들의 대사나 움직임 같은 것이 연극적이라고 느꼈다. 그들이 살던 집도 일부러 연극 무대처럼 보이게 지은 것 같았다. 씨안이 영화를 보는 내내 느꼈던 긴장감 같은 것은 서점에 들어와서도 계속되었다. 씨안은 웃긴데 이상하고 한편으로는 기분 나쁘기도 하고 여하튼 몹시 복잡했다. 몇몇 장면들은 시간이 지나도 내내 생각날 것 같았다. 영화가 워낙 이상해서인지 씨안은 이전처럼 편안한 마음으로 책장 사이를 오갈 수 없었다. 책들은 덩어리로 뭉쳐진 것 같았고 씨안은 도무지 그 덩어리들에 집중할 수가 없었다. 씨안은 새로 나온 잡지들을 대충 들춰보다 서점을 나와 걸었다. 재킷을 입으면 더웠고 더워서 벗으면 추웠다.

지구가 곧 있으면 멸망할 것 같고 사람들은 다 사라지고 없다. 그런데 아버지와 딸만 살아남았다. 그들은 어느 순간 당연한 듯이 뒤엉켰고 그렇게 뒤엉켜 있는데 젊은 남자가 문을 두드린 것이다. 씨안은 마치 그 세 사람 중 한 명이 된 듯이 그 문제에 골몰했다. 지구에 아무도 없고 나만 있으면 어떡해야 하지. 아빠랑 나만 있으면 어떡해야 하지. 그러다 젊은 남자가 찾아오면 어떡해야 하지. 씨안은 늘 특별한 문제의식 없이 지구에 사람들이 너무 많다고 생각했으나 이것은 다른 문제였다. 이렇게 다 죽으면 안 되잖아. 씨안은 작고 어두운 방에 세 사람이 한 귀퉁이씩 차지하고 앉아 있는 모습이 머릿속에서 떠나지 않았다. 실제로 영화 속에 그런 장면은 없었음에도 말이다. 어쨌거나 젊은 남자가 문을 두드리던 그때, 그 세 사람이 주고받은 눈빛은 지금 씨안의 기분과 같았다. 웃긴데 이상하고 한편으로는 기분 나쁘기도 하면서 그 모든 것이 섞인 복잡한 느낌이었다. 씨안은 방으로 돌아가면 꼭 스미스를 다시 들어야 되겠다고 생각했다. 영화를 보고 나니 갑자기 듣고 싶어졌다. 씨안은 재킷을 입었다 벗었다 하며 호텔을 향해 걸었다. 스미스의 〈how soon is now〉도 흥얼거리면서 말이다.

호텔 문을 열고 들어가니 한 젊은 여자가 호텔 로비 앞 소파에 앉아 있었다. 씨안은 그녀의 방을 알고 있었다. 그녀는 남자 애인과 함께 507호에서 숙박했다. 그들의 방은 단정하고 깔끔했다. 옷을 아무렇게나 벗어 던져놓지 않았고 책상 위의 책들은 가지런했다. 씨안은 하우스키핑을 시작한 이후 호텔에서 만난 사람들을 그들의 방으로 기억하게 되었다. 책꽂이의 책들로, 먼지 쌓인 탁자로, 스무 개가 넘는 매니큐어로 사람들을 기억하게 된 것이다. 노력하지 않아도 사람들의 얼굴을 보면 그들의 방이 자연스레 떠올랐다. 그들의 방은 그들을 닮아 있었다. 안 닮은 듯해도 결국엔 닮아 있었다.

씨안은 507호의 남자는 아직 보지 못했다. 여자 역시 지금 처음 만난 것이었다. 하지만 그 방처럼 단정하지 않을까 하고 생각해왔었고, 그녀를 보자마자 그 단정한 방의 주인임을 알아챘다. 늘 의자에 걸려 있던 짙은 녹색 후드 카디건을 그녀가 입고 있었기 때문이다. 씨안은 그 녹색 후드 카디건을 한눈에 알아보았다. 처음 보는 507호의 그녀는 작고 말랐다. 어깨 정도 오는 머리는 짙은 갈색이었다. 그녀는 소파에 파묻히듯 앉아 있었다. 작고 마른 그녀는 이미 녹색 후드 카디건에 파묻혀 있었는데, 녹색 후드 카디건에 파묻힌 그녀는 다시 소파에 파묻혀 있었다. 무릎을 끌어안고서 말이다. 작고 말라서 후드 카디건에, 소파에, 로비에 파묻혀 있었지만 눈빛만은 또렷하고 분명했다. 입은 꼭 다문 채였고 눈은 먼 곳을 바라보고 있었다. 저 너머를 바라보는 듯한 그녀의 눈빛이 그녀를 후드 카디건에서, 소파에서, 로비에서 끌어내고 있었다. 결국 로비는 점점 작아졌고 그녀의 눈빛은 점점 분명하게 로비라는 공간을 무력화시켰다. 씨안은 그런 그녀를 지나 천천히 계단으로 향했다. 씨안의 방은 오층인데 그녀는 걷는 것이 좋아 주로 계단을 이용했다. 계단에 깔린 짙은 회색의 카펫을 밟는 느낌이 좋았던 것이다. 짙은 회색 카펫을 지나 방문을 여니 프래니와 주이가 맥주 한 병씩을 들고 무슨 이야기인가를 하고 있었다.

안녕 씨안. 오늘 뭐 했어?

영화 봤어.

뭐야, 또?

응.

또 그 극장에 간 거야?

응.

정말 자주 가네. 영화는 뭐 어떤 거였는데?

글쎄. 뭐랄까. 영화는 세 사람에 대한 이야기야. 그러니까 어떤 외진 곳에 두 사람이 살고 있는데 그곳에 또 다른 사람이 방문하게 돼. 음. 새로운 사람이 어쩌다가 그곳을 찾게 되었다고 해야하나. 아무튼 그러다가 원래 살고 있던 사람들과 인사를 하고 식사를 같이하게 되는 거야.

이상할 것 같네. 좋았어?

어. 뭐 나는 좋았어. 이상했는데 뭐 나름 좋았어. 근데 극장에 사람도 별로 없었고 한 사람은 중간에 나가기까지 했어. 다른 사람들은 별로였나. 근데 너희들은 오늘 뭐 했어?

나는 하우스키핑하고 점심 먹고 다시 잤다가 이제 일어났어. 주이는 뜨개질했대.

와, 정말이야? 나 보여줘. 얼마큼 뜬 거야?

주이는 씨안에게, 책상 위에 있는 실 뭉치를 보여주었다. 그것은 민트색 실로 뜬 것이었다. 굵은 나무 바늘로 뜬 것이 아니라 얇은 은색 금속 바늘로 촘촘히 뜬 것이었다.

와. 좋은데! 언제 시작한 거야? 나 이렇게 뜨는 거 처음 봐.

오늘 아침에 시작했어. 며칠 전부터 뭔가 자꾸만 만들고 싶은 거야. 어릴 때부터 뜨개질 많이 했었거든.

와. 나도 좀 가르쳐줘. 다 뜨면 꼭 보여줘야 해. 근데 나 음악 좀 틀어도 될까?

그럼.

씨안은 침대 밑에서 상자를 꺼내와 침대 위에 놓았다. 상자 속에는 음반들이 차례대로 정리되어 있었다. 그중에서 스미스의 음반 서너 개를 꺼내 머리맡에 두고 상자를 다시 내려두었다. 주이는 맥주병을 내려놓고 뜨개질을 다시 시작했다. 주이는 뜨개질을 하면서도 프래니와 이야기하는 것을 멈추지 않았다. 주이는 익숙하게 손을 움직여나갔다. 그렇게 손을 빠르게 움직이면서도 프래니와 계속해서 시선을 맞추어나가면서 이야기를 이어나갔다. 프래니는 맥주를 한 손에 들고 한 손으로는 책상을 두드리면서 리듬을 맞췄다. A dreaded sunny day I meet you at the cemetery gates. Keats and Yeats are on your side. A dreaded sunny day So I meet you at the cemetery gates. Keats and Yeats are on your side While Wilde is on mine. 프래니는 빠르게 가사를 따라

하며 머리를 흔들었다. 와일드는 내 편에 있지. 와일드는 내 편에 있지. 와-와-와일드는 내 편에 있지. 프래니를 처음 보았을 때 그의 머리는 정말 새빨간 색이었다. 새빨갛던 색이 점점 옅어져 지금은 붉은 기가 도는, 갈색과 오렌지색의 중간색처럼 보였다.

너 맥주 좀 마실래?
아니 괜찮아. 고마워.

모리세이는 자꾸만 날씨 좋은 날에 묘지에서 너를 만났다고 노래했다. 씨안은 침대에 누워서 모리세이의 묘지들과 세 명의 사람과 흰 벽을 떠올렸다. 프래니는 책상을 두드리다 잠시 씨안을 바라보았다. 씨안은 눈을 감고 다시 세 명의 사람들과 묘지들을 떠올렸다. 프래니는 다시 책상을 두드리기 시작했다. 씨안은 그곳이 극장이건 묘지건 무슨 상관인가 싶어졌다. 하지만 두 명과 함께라면 어떨까. 한 명이 아니라 두 명과 함께라면. 아무것도 아닌 관계인 채로 감정과 느낌이 이곳에서 저곳으로 그리고 한곳으로 모아졌다 다시 흐른다. 만약 한 명과 함께라면 감정은 한곳에 모일 수밖에 없을 텐데. 이곳에서 저곳으로 그러다 누군가가 떠나고 그러면 그저 한곳에. 글쎄. 그럴까. 셋은 어딘가로 흐르는 것이고 둘은 한곳으로만 흐르는 것일까. 잘 모르겠네. 울고 있는 시점과 즐기는 시점이 뒤죽박죽이 될 거야. 그러는 와중에도 프래니는 계속 음악을 흥얼거렸다. 씨안은 침대에서 일어나 물었다.

　나 지금 부엌에 갈 건데 너희들은 저녁 언제 먹을 거야?
　글쎄. 프래니는 점심 늦게 먹었고 나는 배는 고픈데 이거 좀만
더 뜨다가 생각해보려고.
　그래. 난 지금 저녁 먹을래.

　씨안은 음악을 틀어놓은 채로 방을 나섰다. 방에서 멀어질수
록 모리세이의 목소리는 점점 작아졌다. 프래니와 주이는 사촌 사
이였다. 씨안은 그들의 실제 이름은 몰랐다. 프래니와 주이는 늘
자신들을 프래니와 주이라고 소개했고 호텔의 다른 사람들은 그
것이 본명인 줄로만 알고 있거나 좀 이상하다고 생각해도 특별히
캐묻지 않았다. 씨안은 그들과 한방을 쓰고 꽤 오랫동안 같이 시
간을 보냈기에 프래니와 주이가 책에서 이름을 딴 것이라는 것을
알고 있었다. 프래니와 주이는 어릴 때부터 친구처럼 함께 지냈고
인형, 책, 영화, 음악 같은 것을 서로 나누며 자랐다. 그들은 샐린
저의《프래니와 주이》를 함께 읽었고 그 책을 미친 듯이 좋아하게
되었으며 그 이후로 프래니와 주이라는 이름을 나눠 가졌다고 했
다. 씨안은 그 책을 안 읽어보았지만 샐린저의《호밀밭의 파수꾼》
이 좋았으니 그 소설도 좋겠지 하고 생각했다. 게다가《호밀밭의
파수꾼》에는 피비라는 예쁜 이름도 나온다. 그렇게 생각하고 들

다 보면 프래니와 주이라는 이름은 귀엽게 들렸다. 씨안은 그들의 이름을 부를 때마다 왠지 책 속의 프래니는 프래니와 닮았을 것 같고 책 속의 주이는 주이의 모습일 것 같았다. 책 속에서 프래니와 주이는 남매라고 했다. 프래니는 여동생이고 주이는 오빠라고 했다. 프래니는 그냥 자신이 더 어리니 프래니를 하겠다고 했다. 주이는 이름이 동물원 같은 게 좋아서 자기가 주이를 하겠다고 했다. 그래서 그들은 프래니와 주이였다. 실제로 프래니와 주이는 둘 다 귀여운 여자아이들이고 사촌 사이이고 게다가 연인 사이이지만.

씨안은 양파와 양배추, 브로콜리를 먹기 좋게 잘랐다. 그리고 물에 대충 씻어 그릇에 담았다. 프라이팬에 불을 올리고 조금 기다렸다가 기름을 둘렀다. 전기포트에 물을 넣고 온도를 높게 설정했다. 프라이팬에 썰어놓은 양파와 양배추를 넣었고, 전기포트에는 브로콜리를 넣었다. 양파와 양배추는 이으면 좋은 냄새가 났다. 고소하고 달콤한 냄새였다. 씨안은 나무 숟가락으로 양파와 양배추를 섞어주었다. 고소한 냄새가 슬슬 나기 시작했다. 씨안은 냉장고에서 계란 두 개를 꺼내 빈 그릇에 풀고 섞었다. 프라이팬에 기름을 좀더 붓고 계란을 부었다. 치치칙 하는 소리가 났다. 전기포트의 물이 펄펄 끓기 시작하자 불을 중간으로 조정했다. 계란 껍데기와 양파껍질을 쓰레기통에 버렸다. 씨안은 넓은 접시를 꺼내 프라이팬에 있는 계란 야채볶음을 담았다. 전기포트를 가장 낮은 온도로 조정하고 숟가락으로 브로콜리를 건져서 접시에 놓았다. 찬장에 있는 토마토케첩을 접시에 뿌렸다. 포크와 스푼을 챙기고는 전기포트의 코드를 아예 뽑아버렸다. 접시를 테이블에 놓았다. 다시 부엌으로 가 머그컵에 커피를 따라서 돌아왔다. 씨안은 이렇게 야채와 달걀을 볶아서 먹는 것을 좋아했다. 간단하고 맛있는 음식인 것이다. 야채와 달걀을 함께 볶는 것을 누가 싫어하는 것일까. 이것은 간단하고 맛있는 요리였다. 그녀는 브로콜리를 별로 안 좋아하는데 삶아서 케첩에 찍어 먹는 것은 좋아했다. 어쨌거나 씨안은 왜 자꾸만 브로콜리를 사는 것인지 스스로도 납득할 수 없었다. 그녀는 브로콜리를 보면 양파나 감자를 사듯이 사야 할 것만 같았다. 무의식중에 건강을 생각해 음식을 먹어야 한다고 생각하고 있는 것인지도 몰랐다. 그래서 씨안은 매번 브로콜리를 사고 거의 매일같이 삶아서 케첩에 찍어 먹으며 왜 나는 브로콜리를 싫어하는데 매번 사는 것일까를 생각했다. 결국 꾹 참으며 매일 브로콜리를 먹는 것이다. 거참 이상하지. 하지만 내일이 되면 또 브로콜리를 살 것이다. 잠시 고민하다가 결국은 말이다.

볶은 음식을 먹으며 커피를 마셔서인지 커피에는 얇은 층의 기름이 떠다녔다. 그것을 쳐다보지 않고 그냥 마시기만 했다. 그렇게 천천히 저녁을 먹어가고 있는데 프래니가 내려와 냉장고에서 맥주 두 병을 꺼내갔다. 프래니와 주이는 저녁을 늦게 먹으려나 보다. 씨안은 눈으로만 잠깐 인사를 하고 계속해서 계란과 볶은 야채들을 먹었다. 그리고 마지막으로 남은 커피 몇 모금까지 다 마시고 자리에서 일어났다. 미적거리지 않고 접시와 컵을 챙겨 싱크대로 향했다. 스펀지에 세제를 뿌려 기름 낀 접시를 닦았다. 누가 먹다 놔뒀는지 샐러드 볼과 컵 몇 개가 눈에 띄었다. 씨안은 그것까지 다 닦고 헹궜다. 마른 수건으로 젖은 싱크대까지 말끔하게 닦았다. 그리고 싱크대에 기대어 공동부엌 안을 보았다. 창가 쪽 테이블에는 몇몇 손님들이 근처 중국 음식점에서 사온 볶음국수를 먹고 있었다. 아직 어둡지 않다. 아직 햇살이 들어오고 있었다. 시월 말의 과일나무에 매달린 과일들처럼 잘 익은 햇살이었다. 곧 어둠으로 서서히 물들 잘 익은 햇살. 그 햇살은 씨안의 발치까지 와 있었다. 부엌은 어두웠고 씨안의 발이 서 있는 자리는 검은 그림자의 자리였다. 햇살은 씨안의 머리카락을 반짝이게 했고 어둠은 씨안의 붉은색 롱스커트를 더욱 어둡게 했다. 씨안은 문득 그 스커트가 태국에 여행 갔다 온 친구가 선물로 준 것이었음이 기억났다. 얇고 가벼운 롱스커트는 어둠 속에서도 하늘거렸다. 씨안은 늘 이 시간이면 그렇듯이 맥주가 마시고 싶어졌다. 곧 하늘은 붉어질 테고 그 하늘을 보며 맥주를 마시는 것은 두근거리는 일이다. 그런 생각을 하며 천천히 부엌을 나왔다. 창가 쪽을 지날 때에는 잘 익은 햇살이 씨안을 반짝이게 했다. 머리카락만이 아니라 온몸을. 잠시 동안 온몸이 짜릿해졌다. 그녀는 짜릿함을 몸에 새긴 채로 맥주를 사러 호텔 로비를 빠져나왔다.

늘 그렇듯 호텔 앞의 작은 가게에서 맥주 한 병을 샀다. 한 병씩 사는 것이 좋았다. 아까 말했던 습관의 일부이다. 무엇이든 많이 사는 것이 싫었다. 되도록이면 작은 것들을 사고 싶다. 몸에 무거운 것이 없었으면 좋겠다. 필요한 최소의 것만 가지고 싶다. 그것을 가지고 오래도록 걷고 싶다. 이 마음이 언제 바뀔지 모르겠지만 지금은 그랬다. 그녀는 맥주 한 병을 손에 들고 호텔로 돌아왔다. 로비의 문을 열자 키가 큰 남자가 엘리베이터를 기다리고 있는 것이 눈에 들어왔다. 씨안은 평소 같았으면 계단으로 올라갔겠지만 오늘은 왠지 모를 궁금증이 일어 남자 옆으로 다가갔다. 남자에게서 담배 냄새가 났다. 가까이서 보니 남자는 몹시 지쳐 보였다. 남자는 힘이 없는지 옆으로 메는 가방이 몇 번씩이나 어깨 밑으로 미끄러졌다. 남자는 가방을 고쳐 멨지만 가방은 다시 미끄러졌다. 호텔은 오래되었고 엘리베이터도 역시나 오래된 것이었다. 엘리베이터를 타기 위해서는 나무로 된 문을 열고 철로 된 창살문을 밀어야 했다. 남자는 나무문을 열었다. 씨안은 남자가 열기 전에 얼른 창살문을 밀었다.

고마워요.

남자의 목소리는 힘이 없었다. 씨안은 오층을 눌렀다. 남자는 버튼을 누르지 않았다. 엘리베이터는 어느새 멈췄다. 남자는 창살로 된 문을 밀고는 잡고 있었다. 씨안에게 먼저 나가라는 몸짓이었다. 그녀는 나무문을 열고 천천히 나갔다. 그러고는 걸음을 일부러 느리게 하여 걸었다. 남자는 그녀를 앞질러 왼쪽으로 갔다. 씨안은 조심스럽게 남자의 뒷모습을 쫓았다. 남자는 주머니에서 열쇠를 꺼내 문을 열었다. 남자의 방은 507호였다. 씨안은 방금 전 부엌에서 느꼈던 짜릿함 때문인지 계속해서 심장이 두근거린다고 느꼈다. 심장은 계속해서 두근거렸고 씨안은 두근거리는 심장을 그대로 둔 채 옥상으로 향했다.

9

민주는 어느 순간, 조금의 망설임도 없이 눈을 떴다. 눈을 뜬 동시에 허리가 아프다고 느꼈다. 눈을 뜨니 극장 안은 이미 어둡다 못해 온통 캄캄해져 있었다. 얼마나 시간이 지난 것이지. 몇 시쯤 된 것이지. 온몸이 시리고 추웠다. 민주는 내려놓은 가방을 뒤져 담배를 꺼냈다. 성냥을 그어 담배에 불을 붙였다. 천천히 담배를 피웠다. 그리고 다시 한 대를 더 꺼냈다. 다시 성냥을 그어 불을 붙였다. 이번엔 급히 피웠다. 민주는 앉은 자리에서 담배를 쉬지 않고 피워댔다. 민주는 자고 일어난 상태였고 추웠고 아무런 생각도 없었고 그리하여 관성처럼 담배를 피웠다. 천천히, 급히, 또 급히, 중간 속도로 피웠다. 담뱃갑에 담배가 다 떨어질 때까지 민주는 피우고 또 피웠다. 담배를 다 피우자, 민주는 기대고 있던 의자를 짚고 일어났다. 의자를 짚었는데도 온몸이 휘청했다. 그는 내려놓은 가방을 메고 극장 문을 열었다. 밖의 공기는 상쾌했지만 몸은 여전히 시렸다. 바람이 그의 몸 사이를 관통하고 있었다. 여기가 어디지.

극장 앞에 놓여 있던 공연 프로그램을 집어 들었다. 그곳에는 극장 주소가 나와 있었다. 익숙한 주소였다. 그는 천천히 걸음을 옮겨나갔다. 이제 집에 가도 될 것이다. 그는 천천히 걷기 시작했다. 그의 발걸음은 극장에서 서서히 멀어졌다. 어느 순간 멀리서 사이렌 소리가 들리기 시작했다. 그 소리는 민주의 뒷모습을 따라 천천히 퍼져나갔다.

10

민주가 방에 돌아왔다. 을은 잠결에 열쇠가 돌아가는 소리를 들었다. 민주는 조심스럽게 열쇠를 책상 위에 놓았다. 을은 민주가 천천히 가방을 침대 위에 놓아두는 소리와 조용히 옷을 벗는 소리를 들을 수 있었다. 민주는 갈아입을 옷을 챙겨 화장실 문을 열었다. 물 트는 소리가 났고 물이 욕조와 민주의 몸을 치는 소리가 한참 동안이나 났다. 민주가 더운 기운을 풍기며 방 안에 들어왔을 때 을은 이미 잠에서 완전히 깨어 있었다. 민주는 젖은 수건을 의자에 걸었다. 벗은 옷은 세탁 바구니에 넣었다. 민주는 아무 말 없이 이불을 덮고 누웠다. 을은 천천히 몸을 일으켜 민주에게로 가, 침대에 누운 민주를 내려다보았다. 민주는 아프고 지치고 피곤해 보였다. 을은 민주의 어깨에 손을 얹었다. 민주는 가만히 을의 손을 쓰다듬었다. 민주. 어디가 아프니. 민주와 을은 한참을 그렇게 서로의 어깨를, 서로의 손을 쓰다듬었다. 그러다 서로의 손을 잠깐 잡았다. 그리고 놓았다. 을은 천천히 자리로 돌아와 누웠다. 을은 이불을 덮고 민주의 소리를 떠올렸다. 민주. 내가 듣고 싶은 유일한 소리. 유일한 목소리. 민주. 민주. 그리하여 내가 부르고 싶은 유일한 소리. 민주. 어디가 아프니. 무엇 때문이니. 을은 민주를 쓰다듬었던 손으로 얼굴을 쓸어내렸다.

을은 아무것도 묻지 못했다. 소리 지르고 싶고 어깨를 쥐고 흔들고 싶었으나 간신히 참았다. 민주. 나의 민주. 민주. 민주의 이름이 을의 얼굴을 쓸고 지나갔다. 따뜻하고 슬펐다. 을의 혼잣말은 민주의 이름에 가 닿았다 사라졌다. 을은 숨을 깊게 들이쉬며 이것이 이른 아침의 공기인지 그냥 아침의 공기인지 알아내려고 애썼다. 그것은 그렇게 노력하지 않아도 평소의 을에게는 쉬운 일이었다. 허나 지금은 힘들었다. 을의 심장이 빠르게 뛰기 시작했다. 심장은 빠르게 뛰었고 그럴수록 을은 더욱 천천히 깊은 숨을 쉬었다. 을은 옆으로 누워 있던 몸을 천천히 틀어 똑바로 누웠다. 그녀는 누구의 얼굴도 아닌 천장을 바라보았다. 천장을 바라보며 숨을 천천히 들이마셨다 내쉬었다. 천장은 아무 표정도 없었고 아무 특징도 없었고 그래서 누구의 얼굴도 아니었다. 다시 숨을 깊게 들이마시며 생각했다. 이것은 이른 아침의 공기이다. 아니, 이것은 아침의 공기이다. 이것은 오전의 공기이다. 그리고 이것은 점심의 공기이다. 이것은 커피 마시는 시간의 공기이다. 이것은 오후 중간의 공기이다. 이것은 늦은 오후의 공기이다. 이것은 초저녁의 공기이다. 이것은 저녁의 공기이다. 이것은 밤의 공기이다. 이것은 잠자는 시간의 공기이다. 이것은 잠잘 수 없는 시간의 공기이다. 이것은 이른 새벽의 공기이다. 이것은 새벽의 공기이다. 이것은 그리하여 이른 아침의 공기이다. 이른 아침의 공기.

11

오 년 전 여름이었다. 주이는 바닥에 누워 책을 보고 있었다. 프래니는 주이의 어깨에 기댄 채로 여름의 나른함을 들이마시고 내쉬었다. 프래니는 평소처럼 손을 뻗어 주이의 허리와 가슴을 쓰다듬었다. 손은 점점 미끄러져 허벅지께로 왔다. 프래니는 주이의 맨허벅지를 쓰다듬었다. 주이는 면으로 된 반바지를 입고 있었다. 프래니는 주이의 허벅지를 쓰다듬던 손을 거둬 그것을 반바지 속으로 넣었다. 프래니는 천천히 주이의 허벅지 안쪽을 엄지손가락으로 쓸어나갔다. 주이는 여전히 책장을 넘기고 있었다. 그것은 어제와 다를 바 없는 날이었고 어쩌면 내일과도 다를 바 없을 날이었다. 책장 속에 고개를 묻고 있던 주이가 고개를 돌려 프래니에게 물었다.

목마르지 않아?

프래니는 대답 대신 주이의 입술을 빨았다. 프래니와 주이는 장난처럼 서로의 입술을 빨았다. 실제로 그것은 장난이었다. 매일같이 해대던 장난이었다. 그들은 한참 동안 서로의 입술을 빨았다. 그리고 프래니는 부엌으로 가 물을 마셨다. 그리고 주이에게 물을 건넸다. 주이는 그것을 마셨다. 주이는 책을 다시 보기 시작했다. 프래니는 소파에 누워 텔레비전을 켰다. 프래니는 채널을 이리저리 돌리다 텔레비전을 껐다. 주이는 책장을 덮고 고개를 들어 창밖을 보았다. 강렬한 여름 햇살이 창을 통해 방 안으로 들어왔다. 주이는 눈이 부셔 고개를 돌렸다. 그리고 눈을 감고 누워 있는 프래니를 보았다. 그 순간이었다. 주이는 문득 이것이 이전과는 다르다는 것을 느낄 수 있었다. 그리고 시작이었다. 주이는 창밖에서 들어오는 여름 햇살처럼 강렬하게 프래니가 의식되었다. 그 순간 문득 말이다. 프래니는 서서히 눈을 떠서 주이를 바라보았다. 프래니는 주이가 발견한 그것을 동시에 의식하기 시작했다. 그들은 한참을 둘 사이에 흐르는 강력한 그것이 무엇인지 몰라 그저 바라보기만 했다.

나, 집에 갈래.

프래니는 소파에서 몸을 일으키며 말했다.

그래.

프래니는 주이네 집 문을 닫고 나왔다. 문을 닫는 순간 혹 하는 거친 숨이 프래니의 입에서 터져 나왔다. 집으로 돌아가며 프래니는 무엇 때문인가 몹시 부끄럽고 당황스러웠다. 하지만 그것이 무엇인지 알 수 없었다. 한편, 방 안에서 주이는 프래니가 그리워지기 시작했다. 주이는 프래니처럼 거친 숨을 내쉬지도 않았고 얼굴이 붉어지지도 않았다. 그저 담담히 프래니를 그리워하기 시작했다. 프래니는 집을 향해 걸으며 갈비뼈를 뛰쳐나올 듯이 세차게 뛰어대는 심장을 느꼈다. 얼굴은 이미 붉은색이었다. 땀이 약간 나는 것도 같았다. 집에 도착해 물을 마시고 나자 프래니는 주이가 비로소 그리워지기 시작했다. 주이는 프래니가 나간 이후로 줄곧 담담히 프래니를 그리워하고 있었다. 비로소 그들은 서로를 동시에 그리워하기 시작했다. 그것이 시작이었고 그 시작은 하나의 강이 되었다. 주이와 프래니는 그 강을 건넜다. 다시 돌아올 수 있을지 없을지 몰랐지만 어쨌거나 그들은 자신들도 모르는 사이에 하나의 강을 건넜다. 무척 짧았던 한순간, 그것이 시작이었다. 그때는 오 년 전 여름이었고 햇빛이 아주 강하게 쏟아지던 어느 날이었다.

12

바다에서 돌아온 그날 저녁, 윤과 바원과 민주는 늪을 향해 걸었다. 그 늪은 숲에서도 서쪽 끝에 위치해 있었다. 삼십 년 전까지만 해도 야생 보호지로 지정되어 매년 학자들과 공무원들이 다녀갔다고 했다. 허나 행정 착오였는지 어느 해인가부터 그 늪은 야생 보호지에서 누락되어 지금은 아무도 찾지 않는다고 했다. 그 이야기는 바원이 해주었던가?

민주는 높은 빌딩 옥상에 올라가 도시의 야경을 보는 것이나, 힘들게 산에 올라가 산맥과 골짜기들을 내려다보는 것에 특별히 감동받는 종류의 사람이 아니었다. 하지만 그때의 늪은 그런 그에게도 달리 보였다. 늪은 완전히 달랐다. 늪은 깊이를 알 수 없는 침묵 같은 것이었다. 불투명하고 끈끈한 것들의 무한한 층. 늪은 바다와는 달리 아무것도 보이지 않았다. 무엇도 짐작할 수 없었다. 늪은 그를, 민주라는 사람 자체를 흔들었다. 거기에 저항할 방법은 없었다. 그저 온몸 가득 퍼지는 긴장감과 불안함에 자신을 내어주는 수밖에 없었다. 민주는 윤과 바원 옆에 나란히 서서 한참 동안이나 그 무한한 층에 사로잡혀 있었다. 그리고 그들은 아무 말 없이 거의 동시에 모두 발길을 돌렸다. 모두 더 이상 참을 수 없음을 느꼈기 때문이었다. 집으로 돌아오는 길에 바원은 말했다.

윤의 어머니가 늪에 빠져서 돌아가셨어.

아…….

그때 윤의 어머니는 많이 아프셨거든. 몸도 안 좋으셨고 마음
은 더 많이 안 좋으셨어. 윤의 어머니는 걸어서 한참이나 걸리는
마을까지 내려가셨다가 다시 올라와서 늪까지 걸어가시는 것을
매일 반복하셨어. 아무도 잡을 수가 없었어. 그렇게 하지 않으면
죽을 것처럼 다급하게 걸어나가셨거든. 아주 이른 새벽에, 그리고
아주 늦은 밤에.

그때까지 말이 없던 윤은 천천히 입을 뗴었다.

하지만 나는 너무 어려서 기억이 나지 않아. 그때도 바원이 나
를 돌봐주었었지. 그때나 지금이나 바원은 나보다 컸으니까.

그제야 문득, 민주는 왜 자신이 이들을 찾아왔는지 기억이 났
다. 숲에 도착한 날 미뤄두고 물어보지 못했던 것이 그제야 생각
난 것이다. 그 질문은 사실 어려울 것도 없었고 그냥 지나가듯이
물어도 되는 것이었다. 그것조차 어렵다면 묻지 않아도 문제 될
것은 없었다. 그때 민주는 그것을 묻지 않았다. 오히려 물으려던

생각 자체를 지웠다. 돌이켜보면, 고민 끝에 묻지 말아야 되겠다고 결정한 것은 아니었다. 그때 물으려던 그 질문을 시작으로 숲에 온 이유나 고민 같은 것이 자연스레 다 지워졌다. 민주가 그것을 스스로 지워버린 것인지 아니면 어느 순간 그 질문들이 사라진 것인지 알 수는 없다. 하지만 분명한 것은 그가 지우려고 노력했던 것은 아니라는 것이었다. 오히려 그저, 아 그런 질문을 하려고 했었지 하고 잠시 생각했고 그것이 전부였다,라고 하는 편이 맞을 것이다. 질문은 나타났다 사라졌고 질문을 갖고 있던 시간도 사라졌고 질문을 던졌던 시간도 없어졌다. 그리고 그는 천천히 그들과 함께 집을 향해 걸어나갔다. 집으로 가는 발걸음은 가벼웠다. 그는 애써서 무언가를 지운 것도 아니었고 어떤 문제인가로 오랜 시간 고민한 것도 아니었다. 문득 질문이 떠올랐고 떠오른 질문은 떠오름과 동시에 사라졌다. 발걸음이 가볍지 못할 이유는 없었고 실제로 그의 발걸음은 가벼웠고 평소와 다름이 없었다.

집으로 돌아와 그들은 간단히 몸을 씻고 아침에 요리하고 남은 것들과 함께 삶은 계란을 먹었다. 그때 멀리서 불어온 바람이 문을 가볍게 두드렸고 바원은 문을 살짝 열었다. 바람은 방 안으로 들어와 그들에게 인사를 하고 다시 나갔다. 그들은 천천히 음식을 먹고 또 천천히 치워나갔다. 바람은 다시 방으로 들어와 사람들이 무엇을 하나 살폈다. 윤과 바원과 그리고 민주는 바람이 셋에게 인사를 하는 속도로, 바람이 셋을 살피는 속도로 움직였다. 저녁 먹은 것을 다 치운 후 셋은 자리에 앉아 바람이 방 안에서 무엇을 하나 하고 바라보았다. 바람은 그들을 살폈고 셋은 그런 바람을 바라보았다. 한참 서로를 지켜보았다. 바람은 셋을, 셋은 바람을 그렇게. 민주는 바람이 인사를 하고 방을 나가는 속도로 몸을 일으켰다. 윤과 바원에게 잘 자요,라는 인사를 하고 방을 나왔다. 그는 왼쪽 방에서 잠을 잤고 윤과 바원은 가운데 방에서 잤다.

민주는 윤을 사랑했고 또한 바원을 사랑했다. 그들을 똑같이 사랑했고 그들을 동시에 바라보았다. 그는 그저 그곳에서 그들과 함께 머물고 싶었다. 그들과 함께 있는 시간이 좋았고 그들과 함께 있는 스스로가 좋았다. 왼쪽 방으로 돌아와 누워 그는 단지 그것을 바란다고 말했다. 함께 있고 싶어. 함께 있고 싶어. 더욱 원했던 것은 그들이 함께했던 지난 오랜 시간까지 갖고 싶다는 것이었다. 모든 시간을 함께하고 싶어. 그 바람은 좁은 방을 가득 채웠다. 문은 닫혀 있었고 그 바람은 어디로도 새나가지 않고 방 안에 내내 머물렀다. 내내 머물며, 더욱더 스스로를 단단하게 만들었다. 서로가 한몸 같아 보이는 윤과 바원, 두 사람의 시간을 함께하고 싶다는 바람은 내내 그 방 안에 머물렀다. 그 방 안에서 떠나지도 사라지지도 않고 그저 방 안을 떠돌았다. 민주가 그곳을 떠나기 전까지 말이다. 그날 밤은 그 바람이 비로소 분명하게 드러난 순간이었다. 그는 그 바람을 지우고 싶거나 줄이고 싶거나 사라지게 하고 싶지 않았다. 그는 어떤 것을 원했고 그것은 스스로 커 하나의 생명이 되었다. 그 순간부터 그 생명은 그가 아니고 그가 손댈 수도 없고 이미 자라 스스로 움직여나가게 되었다.

그날 민주가 놀란 것은 윤의 어머니에 대한 이야기 때문이었다. 물론 윤도, 바원도 누군가의 자식이며 친구이며 어쩌면 부모일 수도 있겠지만 그에 관해 떠올려본 적은 단 한 번도 없었다. 그 둘은 둘로서 자연스럽고 둘로서 완전해 보였다. 하지만 그곳에 다른 사람이 있던 적도 있었다. 가령 윤의 어머니처럼. 누군가 같이 있었던 적이 있었대. 셋이서 함께 살았대. 윤과 바원이 원래부터 한몸 같았던 것은 아니야. 그 말을 마음에 담자마자 생생한 긴장감이 온몸으로 퍼져나갔다. 민주는 그 긴장감을 분명하게 느꼈다. 그러고는 그 말을 새기고 또 새겼다. 그 말이 민주의 바람을 더욱 단단해지게 하고, 결국에는 슬퍼지게 했더라도 말이다.

민주는 이불을 끌어당겨 목까지 덮었다. 윤의 어머니는 어떤 사람이었을까. 민주는 미칠 듯이 궁금했다. 윤과 바원 사이에 있었던 그 사람은 어떤 사람이었을까. 아니, 어쩌면 윤이 바원과 윤의 어머니 사이에 있었던 것일지도 모르고, 바원이 윤과 윤의 어머니 사이에 있었던 것일지도 모른다. 민주는 알 수 없었다. 다만 또 다른 누군가가 있었다. 그 다른 누군가는 어떤 사람이었을까. 그 사람은 대체 무슨 생각을 했을까. 그날 이후 바원은 윤의 어머니에 대해 몇 번 더 이야기했다. 허나 바원은 늘 문득 생각났다는 듯 그 이야기를 했고 그래서 민주는 더 캐묻거나 할 수 없었다. 그러니까 윤과 바원과 함께 살았던 또 다른 사람에 대해서 말이다.

　그렇게 매일을 바람처럼 마을과 늪 사이를 걸어 다니셨지. 그리고 어느 날인가 늪 한가운데로 들어갔어. 멀리서 나는 그것을 보았어. 그리고 뛰어갔어. 나는 윤의 어머니가 나를 보았다고 생각해. 그 사람은 점점 더 빨리 늪으로 들어갔어. 나는 더 빨리 뛰어갔어. 나무에 넘어지고 다리가 나무에 긁히고 그럼에도 더 빨리 내달렸어. 하지만 잡을 수 없었어. 내가 늪에 갔을 때 윤의 어머니는 이미 늪 깊숙이 잠긴 후였어. 나는 마을까지 뛰어가 사람들을 불렀어. 사람들은 윤의 어머니를 잘 알았어. 동네 사람들은 윤의 어머니에 대해 이야기하기 좋아했거든. 내가 사정을 이야기하자 몇 명의 사람들이 따라나섰지. 사람들은 긴 나무, 튼튼한 보자기 같은 것을 챙겼고. 우리는 뛰어서 늪을 향해 갔지. 헌데 막상 늪에 도착하자 모두들 고개를 젓는 거야. 다들 할 수 없다고 했어. 늪은 너무 깊었고, 그곳에 들어간다는 것은 위험한 일이었으니까. 사람들은 늪에 빠지는 것은 어쩔 수 없는 일이라고 했어. 눈앞에서 사람이 빠진다고 해도 늪에서는 구할 수 없다고 했어. 늪은 바다와 다르다고도 했지. 그렇다면 그들이 왜 따라나선 것인지 나는 이해할 수 없었어. 아마 경황없이 따라나선 것이었겠지. 어쩌면 나와 윤의 어머니에 대해 궁금했을 거야. 내가 왜 윤의 어머니와 함께 지내는지 궁금해했거든. 그리고 윤이 어떤 애인지도 보고 싶었을 거라고 생각해. 마을 사람들은 윤의 어머니가 윤을 낳는 것을 본 적이 없었거든. 그냥 어느 날 윤을 팔에 안고 돌아다니기 시작했던 거야. 그나마도 짧았지만 말이야. 윤의 어머니는 그렇게 늪에 잠기었다. 사람들이 할 수 있는 것은 아무것도 없었어. 그냥 그렇게 잠긴 거야. 그후로 나와 윤은 쭉 같이 지냈지. 물론 그전에도 나는 윤과 함께 지냈지만. 음. 우리는 가끔 그때처럼 늪에 가. 늪에 가서 윤의 어머니에 대한 이야기를 해. 윤의 어머니가 들을 수 있나 없나는 중요하지 않아. 그냥 계속 이야기하는 거야. 들을 수 있다면 좋겠다고 생각해. 아직 많이 이르잖아. 누군가를 사라지게 하는 것은 너무 이르다. 때가 되면 알겠지. 다만 지금은 아니니까. 우리는 윤의 어머니에 대해 할 이야기가 있고 우리는 당신을 알고 있다 이렇게 말해줘야 해. 그래서 늪에 가는 것이지.

이미 잠에서 다 깼지만 민주는 이대로 있고 싶다고 생각했다. 침대에 누워서 이불을 목까지 덮고, 눈을 감고 있고 싶었다. 마치 잠이 들어 있는 것처럼 그렇게 있고 싶었다. 아무 소리도 내지 않고 다만 눈을 감고. 이미 잠에서 깼고, 이미 날이 밝았더라도 말이다. 그리고 그는 한참을 그렇게 있었다.

13

씨안은 맥주를 들고 옥상으로 올라갔다. 삐그덕거리는 철제 계단을 올라야 옥상으로 갈 수 있었다. 옥상에는 아무도 없었다. 보통 옥상에는 아무도 없다. 아무래도 옥상까지 올라가는 것은 귀찮은 일이니까. 담배를 피우고 싶은 사람은 건물 밖으로 나가는 것이 더 빨랐고, 야경을 보고 싶다거나 하는 이유로 옥상을 오르게 되는 일은 드물었다. 옥상에 오르면 밤하늘이 몸 위로 쏟아지는 것 같았다. 옥상에 누우면 시야를 가리는 것은 아무것도 없었다. 하늘뿐이었다. 하늘은 비처럼 눈처럼 막무가내로 쏟아졌다. 씨안은 그런 하늘을 온몸으로 맞이하였다. 쏟아지는 밤하늘 아래 있으면 이상하게 몸이 간질거렸다. 밤하늘은 그녀의 몸을 더듬고 간질였다. 씨안은 약간씩 몸을 뒤틀며 밤하늘을 맞이하였다. 오늘 누군가와 잘 수 있다면 밤하늘과 자고 싶다. 그런 생각을 하며 몸을 다시 뒤틀었다. 그러다 다시 똑바로 누워 하늘을 보았다. 오늘의 구름은 연보라색이다. 하늘은 옅은 파랑색이다. 허나 구름이 잔뜩 껴 있어서 하늘이 어떤 색인지 확인하려면 고개를 돌려야 했다. 연보라색 구름이 온 하늘을 덮고 있었다. 그것은 최루탄 연기 같고 담배연기 같아 보였다.

씨안은 누워서 천천히 맥주를 마시며 가사가 정확히 기억나지 않는 노래들을 흥얼거렸다. 옥상 바닥은 서늘했다. 그리고 다시 천천히 맥주를 삼켰다. 일어서지도 않고 누운 채였다. 나이가 들어도 옥상에 누워 있고 싶어. 이렇게 연보라색 구름을 온몸으로 맞고 싶어. 그리고 무엇인가에 겸손해져야 한다면 그것은 당연히 연보라색 구름으로 하겠어. 노래처럼 그렇게 중얼거렸다. 그것은 노래 같기도 하고 혼잣말 같기도 했다. 듣는 이는 밤하늘밖에 없었다.

씨안이 호텔에서 일하게 된 지는 삼 개월쯤 되었다. 학교를 휴학하고 여행을 시작했고 몇 개의 나라를 여행한 후 이곳에 도착했다. 씨안은 도착하자마자 이곳이 편안했다. 여행을 하다 보면 그랬다. 도착하자마자 피곤한 나라가 있었고 도착하자마자 온몸 가득 생기를 불어넣는 도시가 있었고 도착하자마자 여행자들을 매혹시키는 나라가 있었다. 씨안은 이곳이 편안했다. 도착하자마자 편안했고 시간이 지날수록 점점 더 좋아졌고 그리하여 계획보다 며칠 더 머무르고 싶어졌다. 그 며칠이 일주일이 되었고 일주일은 이주일이 되었고 그때쯤 호텔 로비에 붙어 있던 하우스키퍼 구인 광고를 보았다. 잠시 고민했지만 결국에는 신청서를 냈다. 신청서를 낸 그다음 주부터 하우스키퍼로 일하게 되었고 이제는 일하게 된 지 세 달이 넘었다.

언젠가는 돌아가야 한다. 씨안도 그것을 알고 있었다. 언젠가는 학교로, 집으로, 방으로 돌아가게 될 것이다. 하지만 그것이 되도록 늦어지기를 바랐다. 지금처럼 태국에서 산 얇은 스커트 같은 것을 입고 가볍게 아침을 먹고 간단한 일을 하고 느린 걸음으로 걷고 식사로 사과나 베이글 같은 것을 먹고 맥주는 한 병만 사고 잠들기 전 청소를 하고 반성할 것도 없고 부끄러워할 것은 더더욱 없는 가벼운 마음으로 잠드는 생활을 사랑하고 있었다. 마음속 깊이 말이다. 만약 무엇인가에 감사해야 한다면 요즘의 생활에 하겠다. 그녀는 아까처럼 작은 목소리로 감사합니다, 고맙습니다, 하고 말했다. 그리고 계속해서 하늘에 대고 말을 했다. 하늘은 넓었고 거대했고 여유로웠고 아무런 망설임 없이 씨안의 말을 들어주었다. 내가 이곳을 떠날 그 언젠가가 일주일 미뤄졌으면 좋겠어. 그 일주일이 지나면 일주일을 더 연장시킬 것이고 그리고 그렇게 조금씩 조금씩 언젠가를 늦춰나가고 싶어. 원하는 것을 입밖에 내자 그것은 더욱 간절해졌다. 지금의 생활에 감사하고 연보라색 구름 앞에 겸손하기 때문에 꼭 그렇게 될 것이라고 믿었다. 덧붙여 꼭 말하고 싶었다. 만약 무엇인가를 믿어야 한다면 바로 지금으로 하겠다. 내일이 오늘이 되고 오늘이 어제가 되고 하는 식으로 지금을 말한 것은 아니었다. 호텔 옥상에 올라가 연보라색 구름을 맞는 지금을 말하는 것이다. 바로 그 지금으로 하겠다. 요즘의 간편한 아침 식사로 하겠다. 다정하고 유쾌한 룸메이트 프래니와 주이로 하겠다. 오늘의 영화 티켓으로 하겠다. 주말마다 저녁을 사먹는 베트남 식당의 메뉴판으로 하겠다. 국수를 삶을 때 넣는 소금으로 하겠다. 열쇠 꾸러미를 들고 호텔 복도를 걸을 때 나는 발자국 소리로 하겠다. 507호의 남자와 여자로 하겠다. 그 모든 것으로 하겠다. 그리고 연보라색 구름 앞에서의 마음으로 그 모든 것에 겸손하겠다. 요즘의 생활에 대한 마음처럼 그 모든 것들에 감사하겠다. 그리고 그것들을 마음속 깊이 믿겠다. 아멘. 씨안은 하늘에 대고 가만히 속삭였다. 아멘. 그러고는 다시 맥주를 한 모금 삼켰다. 의식을 거행하듯이 천천히 삼켰다. 맥주가 목을 타고 넘어가는 소리가 들렸다. 그 맥주가 온몸을 따라 움직이는 소리도 들렸다.

그때였다. 어디선가 멀리서 펑펑 하는 소리가 들렸다. 씨안은 몸을 일으키며 맥주를 한 모금 더 마셨다. 옅은 파랑색 하늘이 보이기 시작하는 지점에서 나는 소리였다. 형광 녹색의 불꽃이 터지고 있었다. 불꽃은 연속적인 폭발음을 냈다. 그러고는 사그라졌다. 불꽃이 사그라질 때쯤 분홍색 폭죽이 터졌고 거의 동시에 노란색 폭죽도 터졌다. 이제 서너 개의 불꽃들이 동시에 하늘에서 터졌다. 불꽃들은 예뻤다. 그 자체로 하늘을 다채롭게 하고 있었다. 불꽃들은 원래 그 자체로 예뻤던 데다가 정말이지 단순하게 열심히 자기 할 일을 하고 있었다. 그게 무척 마음에 들었다. 씨안은 불꽃들을 보며 서서히 남은 맥주를 들이켰다. 맥주를 들이켠

후 춤을 추기 시작했다. 불꽃과 연보라색 구름과 맥주 한 병의 조화 속에서 열심히 춤을 췄다. 단순하게 열심히 자기 할 일을 하고 있는 불꽃들처럼 말이다. 사실 그 안에서 할 일은 춤을 추는 것밖에 없었다. 춤을 추다 고개를 들면 연보라색 구름이 보였고 춤을 추다 고개를 돌리면 불꽃들이 열심히 터지고 있었다. 춤을 추는 와중에 잠시 멈추면 옅은 화약 냄새를 맡을 수 있었다.

그 모든 것들을 믿겠다. 다시 한 번 다짐했다. 크게 숨을 들이켰다 내쉬었다. 그리고 다시 옥상에 누웠다. 씨안은 숨이 차서 자꾸만 가쁜 숨을 쉬었다. 서서히 술기운이 올라와 씨안의 볼을 데웠다. 씨안은 뜨거워진 볼을 옥상 바닥에 댔다. 눈을 감았다. 눈을 다시 뜨니 불꽃들은 여전히 터지고 있었다. 그 사이에서 지금의 기분이 완전하다고 느꼈다. 완전히 좋은 어떤 것 말이다. 사실 그렇기에 지금을 믿는 것이다. 지금은 완전히 좋은 어떤 것이다. 그녀는 지금을 믿고 지금에 감사하고 그렇기에 지금에 겸손하다. 씨안은 천천히 깊은 숨을 들이쉬었다. 그리고 천천히 내뱉었다. 지금은 완전하고 저는 그것을 믿습니다. 씨안은 몸을 일으켜 옥상에서 내려왔다. 방으로 돌아가면 방과 책상을 정리하고 샤워를 하고 깊은 잠을 잘 것이다. 지난 삼 개월간 그랬던 것처럼 말이다.

14

씨안은 베이글을 그릴에 밀어 넣었다. 그릴은 천천히 움직이며 베이글을 구웠다. 베이글이 구워져 나오기를 기다리는 동안 접시에 멜론과 오렌지를 담았다. 멜론과 오렌지는 큰 접시에 작게 썰어져 담겨 있었다. 씨안은 큰 접시에 놓인 포크로 과일들을 집어 접시에 담았다. 과일을 다 담고 나자 베이글은 툭 툭 하고 구워져 나왔다. 베이글 한쪽에는 버터를 바르고 버터를 바른 면 위에 다시 꿀을 발랐다. 다른 한쪽에는 아무것도 바르지 않고 크림치즈와 땅콩버터 덩어리 약간을 묻혔다. 접시를 테이블에 놓고 부엌으로 돌아가 머그에 차를 담아왔다. 매일의 과정이었지만 그것이 좋았다. 베이글을 반으로 갈라 그릴에 넣고 구워지기를 기다리는 것. 구워진 베이글에 버터와 꿀을 바르는 것. 접시에 베이글과 과일을 담는 것. 접시를 테이블에 놓고 컵에 차나 커피를 담는 것. 그 모든 과정들은 아침과 아침의 햇살과 바람, 그들이 만들어내는 상쾌한 나른함과 함께했다. 이곳에서의 아침은 상쾌하면서도 끝없이 나른했다. 하루는 천천히 시작되었고 씨안은 어느 것도 서두를 필요를 느끼지 못했다. 공기는 상쾌했으나 나른함보다 대단하지는 않았다. 하루는 늘어난 머리끈처럼—욕조 속의 물처럼—지저분한 베개처럼—오래된 책장처럼 나른했다. 그녀는 그 나른함 안에서 가끔 기지개를 켜며 멀리 높은 곳에 있는 상쾌함을 살짝 스치기만 했다. 그렇게 하루를 시작하는 것이다.

베이글을 천천히 씹었다. 그리고 차를 한 모금 마셨다. 베이글을 천천히 씹으며 나른함과 함께 목구멍으로 넘기고 나면 접시와 컵을 싱크대로 가져가 씻을 차례이다. 다 씻고 접시와 컵을 제자리에 놓아두면 또 다른 아침이 시작되었다. 손님들의 방문을 두드리는 일이 이제부터 시작되는 것이다. 하지만 나른함으로 시작된 하루가 갑작스레 '손님들의 방문을 두드리는 또 다른 아침'으로 넘어가는 것은 아니다. 그에 앞서 씨안은 '딱히 뭘 하는지 알 수 없는 시간'을 갖는다. 말 그대로 뭔가를 딱히 하는 것도 아니고 그렇다고 아무것도 안 하는 것도 아닌 것이다. 그냥 공동부엌을 슬렁슬렁 걸어 다니고, 그러다가 커피 가루를 새로 담기도 하고, 방에 올라가 프래니와 주이에게 안녕 하고 인사를 하고 또 책상 위에 앉아 노트에 낙서를 하고 뭐 그런 것들을 한다. 사실 다른 것들도 꽤 하는 것 같은데 정말이지 '딱히 뭘 하는 것인지 알 수 없는 것'들만 하기 때문에 씨안은 자신이 무엇을 했는지 이름 붙일 수 없었다. 그렇게 시간을 보내고 난 후 로비로 간다. 로비에서 열쇠꾸러미와 청소도구가 매달린 쓰레기통을 가져왔다. 하우스키핑은 오 층부터 차례로 내려가면서 하는 것이었다. 열한시에 시작해서 열두시 반이면 끝났다. 호텔 투숙자의 절반 정도는 한 달 이상을 계약한 장기 투숙자들이었고 나머지 절반 정도는 단기 투숙자들이었다.

맨 처음 이 호텔에 왔을 때 씨안은 고작 삼 일을 예약한 여행자였다. 이제는 하우스키퍼들이 머무는 방에서 지내고 있지만 말이다. 방에 들어가기 전에는 하우스키핑! 하우스키핑! 하고 외쳐야 한다. 그리고 노크를 힘차게 한 후 열쇠로 문을 열었다. 단기 투숙자들은 대개 방에 없다. 그들은 주로 이른 아침에 방을 떠난다. 그들은 시간이 별로 없었고 주어진 시간 안에 많은 것들을 보고 먹고 즐겨야 했다. 장기 투숙자들은 경우에 따라 달랐다. 장기 투숙자들 중 몇몇은 그 시간까지 잠을 잤다. 그들은 늦게까지 공부를 하거나 일을 할 것이다. 아니면 단지 잠을 자고 싶기 때문일지도 몰랐다. 몇몇은 화장을 하고 있다. 화장을 하고 있는 이들은 정말 늘 그 시간에 화장을 했다. 그런가 하면 몇몇은 이미 방을 떠나고 없었다. 507호의 남자와 여자는 마지막의 경우였다. 문을 열고 들어가면 옅은 커피 냄새가 늘 방 안에 감돌았다. 쓰레기통을 비우기 위해 책상 쪽으로 가면 의자에 걸린 수건에서는 옅은 비누 냄새가 났다. 단정한 방이었다. 씨안은 약간은 긴장된 목소리로 '하우스키핑'을 두 번 외쳤다. 조심스럽게 노크를 하고 문을 열려고 하는 순간 문이 갑자기 열렸다. 어제 엘리베이터에서 마주친 507호의 남자였다. 남자는 문을 잡고 그녀가 지나가기를 기다렸다.

　고마워요.
　네.

　씨안은 조심스럽게 쓰레기통을 비우고 세면대를 스펀지로 닦
았다. 그리고 물을 틀어 다시 한 번 닦았다. 물은 세차게 세면대로
쏟아졌다. 거울에 물방울들이 튀었다. 씨안은 스펀지를 물에 헹구
고 거울을 닦기 시작했다. 거울을 찬찬히 닦은 후 마른 스펀지로
물기를 닦았다. 쓰레기통을 밀며 문 쪽으로 갔다. 남자는 여전히
문 뒤에 서서 문을 잡고 있었다.

　고마워요.

　둘은 동시에 고마워요 하고 말했다. 씨안은 웃으며 남자에게
오늘 하루 잘 보내라고 말했다. 남자는 또다시 고마워요 하고 말
했다. 문은 조용한 소리를 내며 천천히 닫혔다. 씨안은 쓰레기통
을 끌고 다음 방으로 가면서 507호의 남자에 대해 생각했다. 지난
세 달 동안 그 시간에 방에서 남자를 본 것은 오늘이 처음이었다.
실제로 남자를 본 것도 어제가 처음이었다. 씨안은 남자에게 어제
불꽃놀이를 보았느냐고 물어보고 싶었다. 나는 그 시간에 춤을 추

었어요. 그리고 맥주도 마시고 바람이 나를 만지게도 했어요. 하늘이 내 위에 쏟아지도록 했어요. 나는 옥상에 있었거든요. 씨안은 그런 이야기들을 문 앞에서 하고 싶었다. 아무렇지 않게 지나가듯 하는 인사처럼 문 앞에서 말이다. 남자의 얼굴은 어제보다는 좋아 보였다. 어제 남자의 얼굴은 피곤하고 마르고 위태로워 보였다. 잠을 잘 잤나 보다. 아니면 고민하고 있던 문제들이 해결되었나. 어쩌면 단지 하루가 지나서일지도 몰랐다. 씨안은 초조한 얼굴로 로비 소파에 앉아 있던 507호 여자를 떠올렸다. 방금 507호 여자는 방 안에 없었다. 일찍 나갔나 보다. 예전과 다름없이 말이다. 왜 남자는 이 시간에 방에 있는 것일까? 그의 얼굴을 창백하게 만드는 문제는 여전히 그를 방 안에 가두는 것일까? 씨안은 그것이 무엇인지 궁금했다. 어제 불꽃놀이를 보았냐고 묻고 싶은 것과 똑같은 마음으로 궁금했다. 씨안은 그가 천천히 내뱉은 '고마워요'를 떠올렸다. 고마워요. 듣기 좋은 목소리였다. 씨안은 그 목소리에게 어제 불꽃놀이를 보았느냐고 묻고 싶었고 그 목소리에게 당신이 가지고 있는 그 문제가 무엇인가요 하고 묻고 싶었다. 그다음에는 고마워요 하고 말해주고 싶었다. 그녀는 그 세 가지 각각을 다 원했다. 한마음으로 마음을 다해 원했다.

   씨안은 천천히 쓰레기통을 끌며 다음 방으로 향했다. 늘 그래왔듯이 '하우스키핑 하우스키핑'을 외친 후 노크를 하고 열쇠로 문을 열었다. 쓰레기통을 비우고 세면대를 스펀지로 닦았다. 그리고 계속해서 507호를 떠올렸다. 하우스키핑을 끝내면 방에서 노트를 챙겨서 영화관까지 걸어갈 것이다. 어쩌면 안 갈지도 모르겠다. 하지만 갈 것 같다. 아마 가겠지. 사실 잘 모르겠다. 가든 안 가든 어딘가를 좀 걸어야겠다고 생각했다. 아니면 옥상에 올라가서 노트에 낙서를 세 장도 넘게 할 것이다. 그러는 와중에도 계속해서 507호를 생각하고 궁금해하겠지. 분명 그럴 것 같았다. 씨안은 몇 개의 방문을 더 열고 닫은 후 사층으로 내려갔다. 그리고 새로운 문을 열었다. 그 방문을 닫고 새로운 방문을 열 때까지 그녀는 분명 그럴 것 같다고 느꼈다. 새로운 방의 문을 닫고 뒤를 돌자 약한 현기증이 났다. 씨안은 천천히 걸으며 다음 방의 문을 열었다. 씨안은 507호를 계속해서 생각했다. 그리고 방문을 닫았다. 다음 방의 문을 열었다. 씨안은 507호를 생각했다. 507호를 계속해서 계속 계속 생각했다. 열어야 할 방문이 백 개쯤 더 남았더라도 그랬을 것이다. 몇 개의 방문을 열고 닫아도 507호는 그녀 옆을 따라와 걸었다. 마음은 그 옆으로 가, 계속해서 507호에 말을 걸었다. 마음은 성급하지도 열정적이지도 않았지만 성실하고 꾸준하게 말을 걸었다. 마음은 쉬지 않고 하루 종일 지속적으로 507호에게 말을 걸었다. 계속해서 계속 계속 말이다.

15

을이 민주를 처음 만났을 때, 을은 통·번역 대학원을 졸업하고 일본에서 육 개월쯤 생활하다 돌아와 학원에서 강의를 하고 있었다. 민주는 학원에서 일하던 직원 중에 가장 어렸고 아르바이트생들을 합해도 어린 편이었다. 민주는 주말에 강의를 하는 을의 수업 자료를 복사해주었고 시험 결시생 관리를 도와주었다. 다른 강사들의 일을 도와주는 것처럼 말이다. 민주가 그렇게 일을 도와준 지 두 달이 넘었을 때까지도 둘은 개인적인 말을 나눈 적이 없었다. 할 말은 늘 정해져 있었고 그 이상은 나누지 않았다. 이를테면, '이게 오늘 수업에서 할 내용인가요?', '네. 도와줘서 고마워요', '괜찮습니다' 같은 것들이었다. 을은 강의를 하지 않을 때면 강의 준비를 하거나 책을 읽었다. 그리고 그 외 남는 시간에는 다른 강사들의 수업을 들었다. 을이 수업을 듣는 것을 다른 강사들은 별로 좋아하지 않았다. 을 역시 그들이 껄끄러워한다는 것을 알고 있었다. 그들의 입장에서는 시험당하는 느낌도 들고 아무래도 부담스러울 테니 말이다. 한편으로는 유난 떨며 공부한다고 생각할 수도 있었다. 을은 그들에게 미안하고 불편한 마음은 늘 갖고 있었지만 수업은 매번 챙겨 들었다. 혼자 공부하는 것으로는 한계를 느낄 때가 많았다. 게다가 강의를 듣는 것은 무료였으니

포기하기 힘들었다.

앞서 말한 이유 때문이기도 했고 원래 그런 자리를 싫어하는 이유로 을은 학원 강사들의 모임에는 나가지 않았다. 매달 케이크나 초콜릿 상자 같은 것을 돌리는 것으로 대신할 뿐이었다. 그녀는 매번 아프다거나 집에 사정이 있다거나 하는 이유로 술자리에 빠졌고 어느 날부터 그들은 을에게 회식에 빠지는 이유도 묻지 않았다. 오히려 당연히 괜찮겠지 하는 표정으로 주말 시험 감독 자리를 부탁했다. 그녀는 거절하지 않았다. 을에게는 그편이 훨씬 편했다.

그러던 어느 주말, 영어강사 한 명이 모의 토익을 보는 학생들의 시험 감독을 부탁했고 을은 당연히 거절하지 않았다. 토익 수업을 듣는 학생들은 늘 많았고 당연히 모의 토익 시험을 보는 학생들도 많았다. 두 개의 강의실을 꽉 채운 학생들은 열심히 답안지를 채워나갔다. 그날 다른 강의실의 감독은 공교롭게도 민주가 맡았다. 시험이 끝나고 학생들은 진이 다 빠진 표정으로 강의실을 빠져나갔다. 학생들이 다 빠져나간 후 을과 민주는 답안지와 시험지를 챙겨 강의실을 나왔다. 을은 민주가 가져온 시험지와 답안지 봉투를 건네받아 책상 서랍에 잘 챙겨 넣었다. 그때 둘 중 누군가가 '저녁 안 드세요?' 하고 물었던가? 그것이 민주였나 을이었나. 둘은 그날 저녁으로 냉면과 비빔밥을 먹었다. 그날 을은 시험이 끝난 후 몰려드는 피로감에 넋이 나가 있었다. 나른하고 졸려서 매운 것을 먹겠다고 했었지. 저녁을 먹는 내내 둘은 별말이 없었고 밥을 먹은 후 커피를 마시는 동안에도 마찬가지였다. 하지만 을은 그것이 불편하지 않았다. 민주와 을은 말이 별로 없었고 가끔 지나가듯 질문과 대답을 던졌다. 몇 마디의 대화뿐이었는데도 그 시간들은 편안했고 즐거웠다. 오래 보아온 사이가 아닌데도 그런 것이 가능했다. 을은 그때나 지금이나 대화를 강요하는 사람들이 싫었다. 대화 중 말이 끊기면 불안해하며 이런저런 화제를 끌어내는 사람들이 불편했다. 하지만 그렇지 않은 사람은 드물었다. 민주는 그 드문 사람이었다. 민주가 말을 하지 않는 시간은 그 시간대로 편안하고 자연스러웠다. 그날 이후 을과 민주는 함께 저녁을 먹거나 산책을 했다. 둘이 처음 저녁을 먹은 그 시간처럼 말이다. 뒤를 돌아보면 민주가 앉아 있고 을은 책상으로 가 앉는다. 그럴 때 바람이 불고 둘은 한참 동안 말없이 그렇게 앉아 있는다. 민주와 을은 그런 식으로 함께했다.

오늘 아침 민주는 늦게까지 침대에 누워 있었다. 을은 민주의 어깨를 살짝 짚었다. 민주는 눈을 힘겹게 떠 을을 보다가 이내 눈을 감았다. 그리고 눈을 떠 을을 보다가 다시 감아버렸다. 민주가 다시 눈을 떴을 때 을은 민주의 어깨를 짚었던 손을 거두고 방을 나섰다. 을은 학교까지 걸어가며 민주의 어제에 대해 생각했다. 왜 그렇게 아침 일찍 집을 떠났는지, 저녁에는 왜 그렇게 피곤한 모습으로 돌아왔는지. 그리고 오늘 아침에는 왜 늦은 시간까지 침대에서 일어나지 않은 것인지에 대해 생각했다. 을이 묻지 않더라도 민주는 때가 되면 천천히 설명해줄 것이다. 을은 그것을 알고 있었고 민주는 을이 그전까지 묻지 않을 것이라는 것을 알았다. 다만 을은 염려할 뿐이다. 민주의 어제에 대해, 민주의 오늘에 대해, 또한 자신의 지금에 대해 말이다. 을은 불안했다. 내가 기다릴 수 있을까. 침대를 서성이며 손톱을 물어뜯고 있지 않을까. 그러니까 참을 수 없어서 말이야. 보란 듯이 안절부절못하게 되지 않을까. 왜, 왜 하고 묻는 몸짓을 하게 되지 않을까. 민주, 내가 정말로 기다릴 수 있을까.

을은 지난 시간들을 떠올렸다. 이곳에 오기 전에는 민주의 어깨를 흔드는 것이 어렵지 않았다. 민주는 을을 참아주었고 을은 호소했다. 그것이 그들의 약속이었다. 민주, 알잖아. 나는 다른 사람들 앞에서는 이러지 못해. 그런데 너는 왜 어딘가로 가버린 거야? 하지만 이제는 점점 더 그럴 수 없어졌다. 민주, 나는 참고 있어. 참고 있고 참고 싶은데 참지 못할까 봐 무서워. 정말로 무서워. 내가 돌아가 방문을 열면 너는 그곳에 있을까. 너는 그곳에 있고 나는 침대 위에 앉아 잠시 아무 생각도 안 하고 그리고 잠시 너를 보고 그러면 너도 잠시 나를 보고 그랬으면 좋겠어. 그러면 나는 침대에 누워 얼마간 아무 생각도 안 하고 있을 거야. 너는 몸을 일으켜 차 마실 물을 끓이는 거지. 너는 자리로 돌아와 다시 침대에 눕고 우리는 침대에 누워 물이 끓는 소리를 기다리게 될 거야. 을은 지금 자신이 원하는 것이 오로지 그것뿐이라는 것을 깨달았다. 학교는 어느새 가까워졌고 을은 다시 한 번 둘의 방을 떠올렸다. 자동적으로 마음속에서 '민주' 하고 이름이 탄성처럼 터져 나왔다. 민주. 민주. 민주. 이렇게.

열다섯 살 때였을 것이다. 을의 가족은 공장 지대를 끼고 있는 그 도시를 떠나 아직 논밭이 남아 있던 신도시로 이사를 갔다. 신도시는 을이 예전에 살던 곳에서 그다지 멀지 않은 곳이었다. 물론 걸어서 갈 수는 없었으나 지하철이나 버스를 타면 갈 수 있는 정도의 거리였다.

빈터에 아파트가 갑자기 들어섰고 학교도 따라 들어서더니 어느샌가 사람들도 몰려들었다. 을의 가족도 그중 하나였다. 한 반에 육십 명이 넘는 아이들이 수업을 듣고 점심을 먹고 운동장에 나가 체육 수업을 들었다. 많을 때는 칠십 명이 넘을 때도 있었다. 학생들은 하루에도 몇 명씩 전학을 왔다. 학교와 아파트는 끊임없이 지어졌다. 아파트 공사 현장에는 떡볶이와 어묵을 파는 포장마차들이 모여 있었다. 수업을 마치고 집으로 돌아갈 때면 오후 반 수업을 마친 초등학생들이 책가방을 메고 집으로 돌아가고 있었다. 어디를 가나 사람들이 꽉꽉 차 있었다. 그 모습은 어딘가 기형적이었다. 그에 못지않게 빈터는 여전히 많았기 때문이었다. 빈

터는 황량했고 지은 지 얼마 안 된 아파트들도 황량했다. 그곳의 모든 것이 황량했다. 아파트 공사 현장에서 나는 소리는 공장 지대의 소리만큼 아름답지 않았다. 그 소리는 균일하지 않았다. 묵직하지도 않았으며 다만 어딘가 튀는 소리였다.

을은 주말이면 지하철을 타고 공장 지대를 낀 그 도시로 갔다. 멀리서 피어오르는 회색의 매연이 보이기 시작하면 마음이 편안해졌다. 마음은 한없이 편안해졌고 그러면서도 설렜다. 을은 들어갈 수 있는 한 깊이 공장 지대 안으로 들어갔다. 그리고 기계들이 돌아가는 소리를 들었다. 그와 함께 멈추지 않는 자신의 기침 소리를 들었다. 심장이 뛰는 소리, 온몸이 아주 짧은 순간 뜨거워지는 느낌, 그리고 연속적인 기계들의 소리와 울림. 그 모든 것이 그녀를 편안하고 즐겁게 했다.

그때 을은 비행장에서 일하고 싶었다. 하루 종일 균일한 기계 소리를 들을 수 있겠다고 생각해서였다. 항공기 소리는 공장 지대의 기계 소리만큼 아름답지 않을 것이다. 그때 그녀는 그렇게 생각했음에도 그 이상의 직업을 생각해낼 수 없었다. 멀리서 이륙하는 항공기, 착륙하는 항공기 들을 기록하는 일을 하고 싶었다. 그 것은 자신이 할 수 있을 것 같은 일 중 그나마 공장 지대의 소리와 근접한 일이었다. 아. 그러고 보니 책을 찍는 일도 하고 싶어 했구나. 하루 종일 기계가 돌아가고 종이들이 착착착 쌓이는 곳에서의 일이라면 괜찮을 것이라고 생각했다. 그때 그녀가 하고 싶어 했던 일들 중 실제로 해본 것은 하나도 없다. 을은 그것이 안타깝거나 불안하지 않았다. 을은 자신이 언젠가는 그런 일을 하게 될 것이라는 것을 알고 있었다. 지금은 전혀 상관없는 일을 하고 있더라도 말이다. 언젠가는 공장 지대로 깊숙이 들어가게 될 것이다. 기계가 돌아가는 소리를 듣고 있을 것이다. 그녀는 그것이 자신의 최종적인 직업이 될 것임을 알았다. 많은 사람들이 꿈처럼 가지고 있는 '언젠가는 와인 바를 내야지', '좋은 원두를 쓰는 카페를 열어야지' 같은 것이 아니었다. 그것과는 분명히 다르다. 그녀는 확실히 알고 있다. '언젠가 나는 공장 지대를 낀 도시로 돌아갈 것이다. 그리고 공장들 사이에 깊숙이 몸을 숨길 것이다. 그리고 그것은 꿈이나 계획이 아닌 분명한 현실이다.' 그것은 명령처럼 그녀의 깊은 곳에 새겨져 있었다. 그녀는 그 명령이 몹시 기꺼웠다.

16

민주가 숲에 갔던 해 봄, 그의 어머니는 돌아가셨다. 그때 민주는 이미 고등학교를 관둔 후였다. 민주의 어머니는 꽤 오래 아프셨다. 하지만 그것과 민주가 학교를 관둔 것과는 크게 상관이 없었다. 민주는 사람이 많은 공간에서 불안감을 느꼈고 그 때문에 교실에서는 늘 고개를 숙이고 있었다. 당연히 선생들은 늘 고개를 숙이고 있는 민주를 괴롭히지 않을 수 없었다. 민주는 아직도 분필 지우개를 차곡차곡 쌓아 민주의 턱밑에 두었던 선생을 기억했다. 민주는 고개를 들고 있을 수가 없었는데 고개를 숙일라치면 선생은 민주의 머리를 꾹꾹 눌렀다. 그전까지 민주는 그저 조용한 아이였는데 그 이후 민주는 정말로 모두가 괴롭힐 수 있는 아이가 되었다. 민주의 외삼촌은 병원에 계신 어머니 대신 민주의 자퇴서에 도장을 찍어주었다. 민주는 그후 병원으로 가 어머니와 함께 시간을 보냈다.

민주의 어머니는 죽기 전 아무도 모르게 본인의 물건들을 하나씩 정리해두었다. 장례를 마친 후 열어본 어머니의 옷장에는 잘 정리된 상자들만이 쌓여 있었다. 장례는 간소했다. 친척분들과 동네 어른 몇 분만이 자리를 채웠다. 어머니는 상자에 작은 쪽지들을 넣어두었다. 상자 속 물건들의 향방에 대한 것이었다. 대부분은 자선단체에 기부하라고 적혀 있었다. '태우는 것은 번거롭고 다른 이들에게 피해를 주는 일이니 받아주는 단체에 갖다 줄 것.' 어머니의 글씨는 단정했다. 하나의 상자를 제외하고는 전부가 받아주는 단체에 갖다 주라고 적혀 있었다. 마지막 상자는 다른 상자에 비해 작았다. 그 상자 속 메모는 다른 것들과는 다른 내용이 적혀 있었다. '민주가 가질 생각이 없다면 아래 주소로 찾아가 전해드리렴. 그리고 이모는 잘 지내시는지 돌보아드리다가 오기를 바란다'. 민주는 다른 상자들을 다 정리하고 장례식을 찾아주신 분들께 감사 인사를 드리고 마지막 상자를 다시 열어보았다. 상자 속에는 메모 말고도 반지와 브로치, 그리고 몇 통의 편지가 들어 있었다. 민주는 그곳에 가보아야 되겠다고 생각했다. 달리 할 일이 없었던 것이다. 아버지는 원래 없었고 학교는 이제 안 가도 되었다. 게다가 방 안에 있으면 하루에도 몇 번씩 어머니께서 돌아가셨다는 사실이 그를 덮쳐왔다. 그는 그 마지막 상자와 옷가지들과 책 몇 권을 챙겨 집을 떠났다. 그가 향한 곳은 마지막 상자 속의 주소였다.

그곳에 도착했을 때 그를 맞은 것은 윤과 바원이었다. 민주는 윤의 어머니가 메모 속의 그 이모인지 아직도 알 수가 없다. 어쩌면 어머니가 말한 이모는 진작 그 숲을 떠났을 수도 있었다. 그는 숲에 있는 동안 윤과 바원에게 어쩌다 그곳에 왔는지 말하지 않았다. 메모 속의 이모에 대해 묻지도 않았다. 그것은 그들도 마찬가지였다. 그들도 민주더러 왜 이곳에 왔느냐고 묻지 않았다. 그들은 민주에게 어디서 왔냐고 묻지 않았고 무엇을 하느냐고 묻지 않았다. 숲을 떠난 그해 겨울까지 말이다. 숲에서 돌아와 집에 왔을 때 집은 예전과는 달라 보였다. 그곳은 한없이 낯설고 차가운 공간이었다. 민주는 더 이상 그곳에 머물 이유를 찾을 수 없었다. 민주의 자퇴서에 도장을 찍어준 외삼촌의 도움으로 얼마 되지 않은 짐들을 즉시 처분했다. 그리고 전세금을 빼서 월세방으로 옮겼다. 민주는 방문을 천천히 닫고 나왔다. 어머니는 이미 죽었으나 민주는 왠지 어머니를 떠나는 것 같았다. 방 어딘가에 어머니가 있는데 민주는 그걸 알면서도 문을 닫는 기분이었다. 방을 떠나기 전, 민주는 학교도 떠나왔고 숲도 떠나왔다. 어머니를 떠나기 전이미 윤과 바원을 떠나왔다. 이미 많은 것을 떠났는데 또다시 떠나야 했다. 그 사실이 가슴속 어딘가에 남아 지워지지 않았다.

이민주는 방문을 닫았다. 이민주는 방을 떠났다. 이민주는 민주라고 불러주는 다정한 목소리를 떠났다. 이후 이민주에게는 민주가 아닌 이민주의 시간이 펼쳐지게 된다. 이민주는 그 사실을 똑바로 바라보았다.

17

씨안은 어느새 하우스키핑을 다 마치고 방으로 돌아왔다. 어젯밤 마신 맥주병들이 프래니와 주이의 책상 주변에 쌓여 있었다. 둘은 아마 호텔 입구 옆으로 난 계단에 앉아 담배를 피우거나 신문의 낱말퀴즈 게임을 머리를 맞대고 풀고 있겠지. 씨안은 어젯밤의 불꽃놀이를 떠올렸다. 그녀는 그 순간 춤을 춘 자신이 자랑스러웠다. 그럴 때가 있다. 춤을 추거나 껴안거나 할 때. 심장을 더욱더 빠르게 하거나 심장을 심장과 맞대거나 할 때. 그 둘 중 하나를 해야 하는 때. 어젯밤은 확실히 그랬다. 춤을 춘 것은 정확한 선택이었다. 씨안은 그런 자신이 자랑스럽고 사랑스러웠다.

씨안은 침대에 털썩하고 앉았다. 이제 무얼 하나. 어제까지만 해도 고민하지 않고 가방을 챙겨 극장으로 향했다. 지금은 왜 고민하고 있는 걸까. 씨안은 침대에 몸을 서서히 눕혔다. 머리를 풀었다가 다시 묶었다. 다시 몸을 일으켜 책상 위에 놓인 가방을 챙겼다. 늘 그렇듯 지갑과 수첩과 방 열쇠를 가방 안에 넣었다. 그 순간이었다. 방을 나서려는데 무언가가 그녀를 붙잡았다. 그녀는 방문 앞에 잠시 멈춰 섰다. 심호흡을 하고 서서히 뒤를 돌아보았다. 방 안에는 프래니와 주이가 만든 따뜻한 기운이 피어오르고 있었다. 그것은 하나의 생명으로 방 안에서 살아가고 있었다. 안개 같기도 하고 구름 같기도 했다. 샤워한 후 욕실에 꽉 찬 더운 김 같은 것이기도 했다. 따뜻한 기운, 방 안을 유영하는 느릿느릿한 기운. 그것이었다. 잠들기 전 그들이 나누는 다정한 대화, 서로의 머리카락을 쓰다듬는 것, 낱말퀴즈를 풀면서 주이가 프래니에게 어깨를 기대는 것. 그럴 때 그 따뜻한 기운은 서서히 피어올라 방 안을 떠다녔다. 그리고 씨안은 '문득, 잠시, 어느 순간, 무의식중에' 그것을 느낄 수 있었다. 바로 지금처럼 말이다. 씨안은 그 기운을 가만히 바라다보았다. 그러고는 방문을 소리 없이 조심스럽게 닫았다. 계단을 천천히 내려와 로비를 지나 호텔 입구 문을 열었다. 프래니와 주이는 예상대로 계단에 앉아 담배를 함께 피우고 있었다.

씨안! 씨안!

어어.

어디 가?

나도 잘 모르겠어.

그래?

응.

그거 멋지다.

왜?

어디로 가는지 모르면 아무데나 갈 수 있잖아.

프래니는 유쾌하게 씨안의 일과를 정리해주었다. 씨안은 웃으며 손뼉을 쳤다. 주이는 여전히 바늘과 실을 손에서 놓지 않았다. 프래니와 주이 사이에는 따뜻한 기운이 피어올랐다. 방 안에서와 마찬가지였다. 씨안은 그것을 가만히 바라보았다. 그 따뜻한 기운은 씨안을 지나 천천히 공기를 갈랐다. 시간을 넘었고, 날씨를 바꾸었다. 프래니와 주이는 스스로, 그러나 의도치 않게 새로운 공간과 시간을 만들어냈다. 그리고 그 안에서 서로를 예뻐했다. 그때 호텔 로비의 문은 서서히 열렸다. 507호의 남자는 젖은 머리로 호텔 문을 열었다. 그는 씨안을 보더니 짧은 인사를 하고 지나갔다. 그는 버스 정류장 쪽으로 천천히 걸어갔다.

나 먼저 갈게.
그래. 어디로든 가.
고마워. 아무데나 갈게.

프래니와 주이는 바람개비처럼 손을 흔들었다. 담배연기는 그 앞으로 피어올라, 그들의 손을 가렸다. 씨안은 천천히 507호 남자를 따라갔다. 그는 버스 정류장에서 멈추지 않고, 가던 방향으로 계속 걸어갔다. 씨안은 문득 오늘 점심을 먹지 않은 것이 기억났다. 그녀는 한편으로는 긴장하고 있었지만 다른 한편으로는 묘하게 차분하고 치밀한 기분이 되었다.

그는 보폭이 넓었지만 걸음을 옮기는 속도는 느렸다. 씨안은 최대한 천천한 걸음으로 그를 따라갔다. 그는 조금의 의심이나 주저함도 없이 걸음을 옮기고 있었다. 어디에도 시선을 던지지 않은 채 은행과 약국과 꽃집을 지나쳤다. 씨안은 꽃집 앞에 멈춰 서서 가게 앞에 나와 있는 꽃들을 잠시 보았다. 그와 씨안의 거리는 좀 더 멀어졌다. 그 정도의 거리가 그를 따라 걷기에는 적당했다. 씨안은 다시 걸음을 옮겨 그를 따라갔다. 그는 국수만 파는 식당 앞에 잠시 멈춰 서서 메뉴판을 살폈다. 한참 동안 메뉴판을 살피던 그는 다시 걷기 시작했다. 어느덧 근처 대학가였다. 그는 샐러드와 샌드위치를 파는 카페, 채식주의자를 위한 식당, 베트남 음식점 앞에서 멈춰 서서 한참 동안 메뉴판을 바라보았다. 씨안은 근처 카페로 들어가 아이스커피를 주문했다. 아이스커피가 먹고 싶었던 것이 아니라 그와 거리가 점점 좁혀졌기 때문이었다. 시간을 벌어야 했다. 커피를 사들고 나오자 비로소 그와의 거리가 좀더 벌어져 있었다. 씨안은 카페 앞에서 커피를 몇 모금 마신 후에야 걸음을 옮기기 시작했다. 그는 여전히 근처 식당과 카페에 시선을 두기는 했으나 이전처럼 멈춰 서지는 않았다. 그는 걸음을 대학 정문 쪽으로 옮겼다. 근처에는 학생들이 많았기 때문에 그를 따라 걷기는 좀더 수월했다. 학생들 무리에 섞여 들어갈 수 있기 때문이었다. 그녀는 그를 놓치지 않기 위해 걸음을 빨리했다. 그는 이 학교가 익숙한 듯 고민도 없이 눈앞에 보이는 회색 건물로 들어갔다. 그녀는 건물 앞에 멈춰 서서 건물 내 안내 지도를 보았다. 입구에서 복도를 따라 걸으면 강의실이 있었고 오른쪽이나 왼쪽으로 꺾으면 연구실과 교수실이었다. 복도는 길었는데 그는 보이지 않았다. 오른쪽이거나 왼쪽이었다. 그녀는 오른쪽으로 우선 걸음을 옮겼다. 그는 보이지 않았다. 다시 입구로 돌아와 왼쪽으로 고개를 돌렸다. 왼쪽에도 그는 없었다. 씨안은 건물 앞 벤치에 앉아 노트를 꺼냈다. 노트에 건물 이름과 날짜, 시간을 적어두었다. 그녀는 무엇인가를 쓰는 척하며 건물 입구를 주시했다.

씨안이 노트를 두 장쯤 넘겼을 때였을까. 그는 건물에서 나왔다. 507호 여자와 함께였다. 씨안은 노트에 고개를 묻고 아무 말이나 생각나는 대로 적어 내려갔다. 그러고는 살며시 고개를 들어 그들의 뒷모습을 보았다. 그들은 손을 잡은 것도, 팔짱을 낀 것도 아니었다. 특별히 이야기를 주고받는 것 같지도 않았다. 다만 천천히 함께 걷고 있었다. 그들과의 거리가 적당히 멀어졌을 때쯤 씨안은 노트를 가방에 넣고 벤치에서 일어났다. 씨안은 여전히 조심스럽고 천천한 걸음으로 그들을 따라갔다. 그들은 학생들 사이에 쉽게 섞여 들어갔다. 그들을 놓치지 않으려면 한눈을 팔아서는 안 되었다. 캠퍼스를 빠져나왔을 때 그는 손가락으로 베트남 음식점을 가리켰고 여자는 고개를 끄덕였다. 그들은 베트남 음식점 안으로 들어갔다. 그녀는 잠시 고민하다가 그 안으로 들어갔다. 잠시나마 고민했던 이유는, 이것은 너무 빠르지 않은가 하는 생각 때문이었다. 이것은 너무 빠르지 않은가. 다음 주 이 시간에 따라가 보아도 되는 것 아닌가. 이런저런 생각이 잠시 들었으나 재빨리 무시하고 식당 안으로 들어갔다. 씨안은 스프링롤과 베트남 커피를 시켰다. 507호 여자를 마주한 자리였다. 동시에 507호 남자의 뒷모습을 마주한 자리이기도 했다. 씨안은 노트를 꺼내 아까처럼 노트에 고개를 파묻었다. 온 귀와 신경은 활짝 열어둔 채였다.

남자는 스프링롤이 들어간 마른 쌀국수를 시켰다. 여자는 잠시 고민한 후 베트남식 야채볶음밥을 시켰다. 씨안이 시킨 것들은 간단한 음식이라 금방 나왔다. 씨안은 스프링롤을 먹으며 낙서를 했다. 벤치에 앉아 있을 때처럼 아무거나 생각나는 대로 써댔다. 펜을 쥔 손에는 힘이 들어가 있었다. 펜을 쥔 손에서부터 팔을 따라 목까지 뻣뻣한 긴장이 그녀를 꽁꽁 묶고 있었다. 스프링롤을 다 먹었을 때쯤 그들이 시킨 음식이 나왔다. 그들은 역시나 별말 없이 국수를 먹어나갔다. 남자는 여자의 그릇에 스프링롤을 얹어주었다. 여자는 남자 쪽으로 접시를 밀었다. 벌써 커피가 두 잔째인 데다가 물도 잔뜩 마셔서 씨안은 조심스럽게 자리에서 일어나 화장실에 갔다. 일을 보고 손을 씻고 있을 때 화장실 문이 열렸다. 507호 여자였다. 그녀는 거울을 한 번 쓱 보더니 빈 화장실로 들어갔다. 씨안은 이미 씻은 손을 한 번 더 씻고 머리를 매만졌다. 머리를 풀었다가 묶고 다시 풀었다 묶자 그녀가 화장실에서 나왔다. 씨안은 그녀를 위해 자리를 비켜주었다. 그녀는 손을 씻고 거울을 한 번 본 후 화장실을 나갔다. 작고 마른 몸에 화장기 없는 얼굴을 하고 있었다. 마로 된 검정색 미니 드레스에 붉은색 펜던트가 꽤 어울렸다.

씨안은 그녀가 아름답다고 생각했다. 그리고 즉각적으로 슬퍼졌다. 507호 여자가 나보다 아름다워? 씨안은 거울을 보았다. 응. 너보다 아름다워. 씨안은 거울을 보면서 정말 그녀가 아름다운 것일까 하고 생각했다. 그녀가 507호에 살지 않아도 나는 그녀를 아름답다고 생각했을까? 씨안은 화장기 없던 그녀의 얼굴을 천천히 떠올려보았다. 그녀의 마른 팔과 작은 키도 함께 떠올려보았다. 아무것도 모른 채 길거리에서 지나가다가 그녀를 봤어도 그녀가 아름답다고 생각할 거야? 집에 와서도 계속 오늘 길 가다 본 그녀는 아름다웠지 하고 슬퍼할 거야? 씨안은 거울 앞에 서서 정말 그런가 하고 생각했다. 어쨌거나 그녀는 아름답고 그녀는 507호 여자고 마른 몸이 예뻤고 가늘게 뜬 눈이 매력적이었다. 게다가 그녀는 검정 드레스 같은 것을 입고 있었고, 그것은 씨안이 자주 입는 태국에서 산 롱스커트나 저지 카디건 같은 것보다 더 507호 남자와 어울렸다. 씨안은 한참 동안 거울 앞에 서 있었다. 거울 앞으로 507호 여자의 모습이 나타났다, 사라졌다. 그리고 다시 나타났고 사라지면 자꾸만 다시 나타났다. 씨안은 머리를 천천히 정리하고 손을 다시 한 번 씻고 화장실을 나갔다.

씨안은 자리로 돌아와 노트에 고개를 파묻었다. 그녀는 아름답다. 그래서 짜증이 나. 아니다. 나도 그녀가 아름다워서 좋다. 그냥 그것대로 괜찮은 거 같다. 나도 좋아, 어, 어어. 나도 좋아. 이런 식의 낙서로 노트 한 장을 빼곡하게 채워갔다. 그러고도 한참을 아무 말이나 생각나는 대로 노트에 써내려갔다. 507호의 남자와 여자는 어느새 일어나 계산을 하고 식당을 나갔다. 씨안은 창가 쪽으로 고개를 돌렸다. 남자와 여자는 식당 앞에서 짧은 인사를 하고 헤어졌다. 남자와 여자가 창가에서 더 이상 보이지 않을 때 씨안은 계산을 하고 나왔다. 남자는 정확히 아까 걷던 길을 되짚어가고 있었다. 씨안은 호텔에서 남자를 마주치는 것은 의심을 살 우려가 있는 것 같아 발걸음을 돌렸다. 또한 마주친다 하더라도 분명히 눈에 띄게 긴장한 모습을 보일 것이다. 그러고 나면 방으로 돌아와 바보같이 긴장된 모습을 보였다는 것에 하루 종일 스스로를 괴롭힐 것이다. 씨안은 방향을 바꿔 극장을 향해 걸었다. 조금 전까지 느꼈던 절반의 불안감은 흥분과 도취 같은 것으로 바뀌어 걸음을 가볍게 했다. 나머지 절반의 차분함과 치밀함이 그녀를 극장으로 걸어가게 하고 있었다. 씨안은 매일 그렇듯 극장을 향해 걸었지만 마음은 프래니의 말처럼 아무데로나 가고 있었다. 아무데로나, 어딘가로.

18

을은 식당 앞에서 민주의 손을 잡고 조심해서 가,라고 말했다. 민주는 그래, 하고 잡은 손에 힘을 주었다. 그리고 놓았다. 손을 잡던 순간과 손을 놓던 순간, 그 시간은 천천히 흘렀다. 그것은 그저 평범한 인사였다. 헌데 민주가 걸음을 옮길 때마다 그 순간들이 되살아났다. 민주는 얼른 방으로 되돌아가고 싶어졌다. 그리고 을을 기다리고 싶었다. 샤워를 하고 차를 마시고 침대 위에 앉아 있으면 을이 문을 열고 방으로 들어왔으면 좋겠다고 생각했다. 민주는 걸음을 호텔 쪽으로 옮겼다. 방에 도착하면 샤워를 하고 차를 마셔야겠다. 그리고 을을 기다려야지.

19

극장 안에는 늘 그렇듯 사람들이 별로 없었다. 지난번에 보았던 영화는 여전히 상영되고 있었다. 씨안은 영화표와 팝콘을 사서 상영관 안으로 들어갔다. 상영관 안에는 지난번보다 적은 수의 사람들이 영화를 보고 있었다. 씨안은 별다른 긴장감 없이 영화가 시작되기를 기다렸다.

영화는 시작되었고 지난번에 놓친 장면들이 하나둘씩 눈에 들어왔다. 그러고 보니 햇살이 여배우가 앉아 있는 벽을 천천히 비추고 있었다. 그 햇살은 여배우의 얼굴과 목을 차례로 덮었다. 햇살이 여자를 지나 밖으로 자리를 옮길 때쯤 여자는 집을 나섰고 마트를 향해 갔다. 여자와 남자는 예전처럼 쉴 새 없이 엉겨 붙어 뒹굴었다. 영화는 서서히 중반을 향해갔다. 부녀는 엉겨 붙어 뒹굴었고 새로운 남자는 힘없이 문을 열고 등장했다. 아버지-딸-새로운 남자. 이 세 사람 사이에 팽팽한 긴장이 감돌고 있음이 보였다. 그것은 질투나 시기 같은 것이 아니었다. 본능적인 긴장감이었다. 정체를 알 수 없는 강력한 감정. 그들은 공을 던지듯이 긴장감을 던졌다. 던지는 사람은 늘 서툴렀고 받는 사람 역시 마찬가지였다. 그들은 그렇게 쉼 없이 빠른 속도로 강력한 감정들을 주고받아댔다. 던지고 싶어서 던지는 것도, 받고 싶어서 받는 것도 아니었다. 다만 그 긴장감 안에서 스스로를 지켜낼 수 없었던 것이다. 견딜 수 없기 때문에 던지는 것이고, 어디선가 날아오는 것이기 때문에 얼떨결에 받는 것이다. 그리고 그것을 견딜 수 없기 때문에 다시…… 그러다 그렇게 주고받던 감정들을 더 이상 견딜 수 없게 된 사람이 칼을 든 것이었다. 그가 들지 않았다면 누구라도 칼을 들었을 것이다.

글쎄. 그런데 정말일까. 씨안은 어느 순간 갑자기 모든 긴장감이 사라지는 경우를 생각해보았다. 어느 순간 긴장감이 생겼듯, 어느 순간 사라지는 것이다. 그렇다면 뭐가 달라지는 것이지? 그들은 계획했던 대로 더 오랫동안 살아남을 수 있게 될까. 농사를 짓게 되고 집을 수리하고 그렇게 좀더 이전에 살던 방식에 가깝게 살아가게 되나. 허나 그들의 움직임과 표정은, 긴장감이 그들을 움직인다고 말했다. 만약 그들이 긴장감이 아니라 친밀함이라든가 평화로움 같은 것을 주고받았다면 새로운 지구는 좀 달라졌으려나. 하지만 그들이 그런 것을 긴장감보다 강력하게 주고받는다는 것은 도무지 상상할 수 없는 일이었다. 게다가 평화로움이나 친밀함이 주고받는 것이기나 하나. 평화로움이나 친밀함은 그저 함께하는 것이다. 공기처럼 말이다. 글쎄, 어쩌면 옮겨줄 수는 있을지도 모르겠다. 내가 가지고 있는 편한 마음을 너에게 나눠줄게. 뭐 이런 식으로 말하면서 껴안아주면 대충 옮겨줄 수도 있지 않을까. 어떤 경우에는 가능할지도 모르겠지. 아무튼 간에 좁은 장소에 있는 세 사람이 평화로움 같은 것을 함께한다는 것은 웃기지도 않는 일이었다.

그러는 사이 영화는 끝을 향해 달려갔다. 누군가가 칼을 들었고 또 다른 누군가를 찔렀다. 스미스의 〈how soon is now〉가 흐르고 극장은 일순 어두워졌다. 극장이 다시 밝아졌을 때 사람들은 하나 둘 일어나 문을 열고 나갔다. 누군가가 이게 뭐야, 너무 이상한데? 하고 옆에 있는 사람에게 속삭이는 소리가 들렸다. 옆에 있는 사람은 그래도 꽤 괜찮지 않아? 하고, 속삭이는 소리가 무색할 정도로 크게 대답했다.

상영관을 나오자 쏟아지는 햇살에 눈이 부셨다. 시간은 저녁을 향해 가는데 밖은 여전히 밝았다. 왠지 하루 종일 많은 일이 있었던 것 같았다. 머리가 아파왔다. 그리고 배도 고팠다. 두통은 관자놀이를 조여왔다. 마치 십자드라이버로 나사를 조이듯이 말이다. 씨안은 낮에 이미 베트남 음식점에서 돈을 썼기 때문에 돈을 더 이상 쓰고 싶지가 않았다. 하지만 배도 고팠고 뭔가를 좀더 먹으면 두통이 덜할 것 같았다. 하지만 여전히 돈은 더 쓰고 싶지 않고 그런 식의 고민이 짧은 순간에 쉼 없이 계속되자 머리는 점점 더 아파왔다. 왜 갑자기 머리가 아픈 걸까. 그녀는 근처의 카페로 들어갔다. 메뉴를 볼 기운조차 없었다. 같은 영화를 두 번 본 건 드문 일이긴 하지만 좋아하는 일이기도 한데 왜 그럴까. 오늘 507호 남자를 따라갔던 일이 피곤했던 걸까. 그런데 왜 머리가 아프지. 그녀는 초콜릿 머핀과 라즈베리 아이스티, 샐러드를 시켰다. 메뉴를 보는 순간, 그 세 가지가 다 먹고 싶었다. 돈을 이렇게 많이 쓰면 안 되는데. 돈을 내면서도 왜 이렇게 음식을 많이 주문했을까, 조금만 더 참고 집으로 돌아가 뭔가를 만들어 먹어도 되는데, 하고 후회했다. 음식들을 받아들고 테이블로 돌아왔다. 초콜릿 머핀을 입에 넣자 두통이 조금은 가라앉는 듯했다. 단 음식은 이래서 좋구나. 씨안은 음식을 조금도 남기고 싶지 않았다. 머핀을 조심스럽게 잘랐다. 부서지게 하고 싶지 않아서였다. 샐러드도 작게 잘랐다. 천천히 음식을 씹어나가자 두통이 점점 더 확실하게 느껴졌다. 잇몸을 따라 고통이 뇌에 전달되는 느낌이었다. 하는 수 없이 잘게 자른 머핀만을 입속에 넣고 천천히 녹여가며 먹었다. 아이스티와 함께 말이다. 아무래도 샐러드는 포장해서 호텔로 들고 가야겠다. 씨안은 천천히 머핀 조각들을 입속에 넣고 녹였다. 단맛은 입속으로 퍼져나갔다. 두통은 가라앉는 듯도 했으나 여전히 사라지지 않고 있었다. 남은 머핀 조각들을 입속에 다 털어 넣고 샐러드와 가방을 챙겨 카페를 나왔다.

프래니의 말대로 왠지 정말 아무데나 갔다가 돌아오는 느낌이었다. 두통은 여전했고 알 수 없는 불안감은 새록새록 솟아났지만 그것이 왠지 아무데나 갔다 온 후에 겪어야 할 절차 같은 것이라는 생각이 들었다. 다른 세계로의 진입 후에 겪는 두통 같은 것 말이다. 이를테면 처음 바에 가서 술을 시켰을 때의 긴장감, 처음 담배를 피웠을 때의 어지러움 같은. 그렇게 생각하자 두통이 조금은 참을 만해졌다. 그럼에도 호텔로 돌아가는 길이 평소보다 길게 느껴졌다. 씨안은 호텔까지 걸어갈까 말까를 한참 생각하다 버스를 탔다. 버스 안에서도 어지러워서 눈을 감고 고개를 숙이고 있었다. 버스에서 내리자 어지러움은 더 심해졌다. 그녀는 가까스로 몸을 움직여 호텔 안으로 들어가 엘리베이터를 타고 오층에서 내렸다. 힘들게 몸을 움직여 방 안에 들어섰다.

방 안에 들어서자 프래니는 프래니의 책상 위에, 주이는 주이의 의자 위에 앉아 있었다. 씨안은 가방과 함께 몸을 털썩하고 침대에 던졌다. 꼼짝도 하고 싶지 않았다. 하지만 샤워를 하면 두통이 잦아들 것이 분명했다. 아. 몸을 일으켜야 하는데. 씨안은 한숨을 쉬듯 속삭였다.

얼마쯤 지났을까. 씨안은 안 되겠다 싶어 몸을 벌떡 일으켰다. 샤워도구와 수건을 챙겨 샤워실로 갔다. 뜨거운 물을 틀어 몸을 적셨다. 평소에 잘 안 쓰는 라임 향 샤워젤로 거품을 내 몸을 닦았다. 이 샤워젤은 향이 좋았고 향이 좋은 만큼 가격도 비쌌다. 에스프레소 잔 두 개 정도 크기의, 가장 작은 용량을 사는데도 일주일 내내 고민해야 했다. 결국엔 샀지만 사고 나서도 몇 번 쓰지 못했다. 오늘처럼 피곤하거나 아니면 반대로 기분이 아주 좋은 날에만 이 샤워젤을 썼다. 라임 향은 샤워를 마치고 잠이 들 때까지 은은하게 그녀를 따라다닐 것이다. 씨안은 그렇게 생각하자 오늘 밤 잠들기가 좀더 수월해지겠지 싶었다.

한참 동안 뜨거운 물로 몸을 적셨다. 샤워를 마치고 수건을 집어 들자 갑작스레 현기증이 났다. 씨안은 문손잡이를 잡고 숨을 천천히 들이마셨다 내쉬었다. 차가운 공기가 필요했다. 그리고 차가운 물도 함께 필요했다. 씨안은 문에 등을 기대고 차가운 물을 생각했다. 이미 온몸의 생기가 어디론가 빠져나가 찾을 수가 없었다. 이렇게 샤워실 바닥에 쓰러지면 누가 구하러 와줄까 하는 생각을 했다. 누군가 와주지 않을까? 다리는 후들거리고 속은 메슥거렸다. 씨안은 계속해서 숨을 깊게 들이마시고 내쉬려고 했다. 쉽지 않았다. 바닥을 내려다보았다. 쓰러지지 않고 아직 두 발로 서 있다. 그런데 어디론가 깊이 깊이 무너져가고 있었다. 어딘가 깊은 곳으로 빠져들어가고 있었다. 고개를 천천히 들어 올려 천장을 보았다. 아득했다. 고작 천장을 올려다본 것이었는데도 너무 많은 힘을 써버린 것 같았다. 머리가 핑 돌았다. 샤워실 안에는 여전히 뜨거운 김이 서려 있었다. 씨안은 차가운 물과 차가운 공기를 떠올려보려 애썼다. 자신을 식혀주고 정신을 차리게 해줄 차가운 것들을 떠올렸다. 방으로 돌아가면 괜찮겠지. 방으로 돌아가 침대 위에 누우면 좀 괜찮아질 것이다. 씨안은 차가운 것을 생각하듯이 방을 생각해보려 애썼다. 방 안의 공기는 이곳보다 시원할 것이고 프래니는 차가운 물을 부엌에서 가져다줄 것이다. 씨안은 차가운 것과 방을 동시에 떠올리며 천천히 수건에 손을 뻗었다. 씨안은 수건을 들어 간신히 몸을 닦고 가져온 잠옷을 입었다. 밀듯이 문을 열었다. 씨안의 몸은 쓰러지듯 밖으로 기울었다. 문을 열자 시원한 공기가 느껴졌다. 조금 더 나아질 것이다. 씨안은 스스로를 다독이며 방으로 향했다. 천천히 복도를 손으로 짚어가며 방으로 돌아왔다. 씨안은 샤워도구를 침대 밑에 놓고 쓰러지듯 침대 위에 누웠다. 손에 쥐고 있던 수건으로 머리를 닦으며 말했다.

샤워를 오래 했더니 어지러워.

프래니와 주이는 반응이 없었다. 그들은 아무 말 없이 앉아 있기만 했다.

오늘 뭐 했어?

여전히 대답이 없었다. 대답 대신 프래니는 책상에서 내려와 방문을 거칠게 닫고 나갔다. 주이는 옷을 갈아입더니 조용히 방을 나갔다. 방 안에는 어색하고 불안한 기운이 떠돌았다. 그들이 늘 만들어내던 다정하고 사려 깊은 기운은 어느 순간 목매달아 죽었다. 씨안은 천천히 머리를 말렸다. 그들도 연인 사이이니 다투고 화내고 미워하고 집착하고 때리고 상처 입히고 서로를 저주할 수도 있는 것이다. 다른 연인들이 그렇듯 말이다. 하지만 지난 세 달간 그들은 다정하고 사려 깊은 연인들이었다. 오래되고 성숙한 연인들만이 보여주는 배려와 존중을 그들은 늘 보여주었다. 아직 어리고 실제로 각자는 무책임하고 장난스러운 성격이었다고 해도 말이다.

방 안은 충분히 시원했고 씨안은 샤워를 할 때보다 덜 어지럽기는 했다. 하지만 여전히 온몸에 기운이나 생기 같은 것이 조금도 남아 있지 않았다. 이전까지는 다만 어지럽고 미식거리는 기분이었다면 지금은 그저 불안하고 또 조금은 슬펐다. 이전과는 다른 수렁에 온몸이 빠져들어가고 있었다. 씨안은 계속해서 수건으로 머리를 닦았다. 이 방 안에서 달리 할 일이 없었다. 아니, 무엇을 해야 할지 몰랐다.

머리를 말리고 또 말리고 머리에 물기가 없을 때까지 수건으로 머리를 닦았다. 머리를 다 말리고 수건을 의자 뒤에 걸어놓았다. 이제 무엇을 해야 할까. 씨안은 침대에 누워 눈을 감았다 떴다. 몸에서 라임 향이 은은하게 났다. 씨안은 고개를 어깨에 묻고는 은은한 라임 향을 계속해서 맡았다. 옆으로 누웠던 몸을 돌려 똑바로 누웠다. 침대 위에 던져놓았던 가방에 손을 뻗었다. 가방속을 휘저어 책을 한 권 꺼냈다. 씨안은 책을 꺼내면서도 대체 왜 책 같은 것을 지금 꺼내는 것일까 화가 났다. 꺼낸다고 읽을 수나 있어? 어쨌거나 달리 할 일이 없었고 무엇을 해야 옳은 것인지 알 수 없었고 그럴 때면 늘 그렇듯 책 속으로 도망을 가는 것이다. 씨안은 누워서 책을 읽어나가기 시작했다. 글자는 눈앞에서 나타났다 사라졌다. 모두 어딘가로 사라졌다. 무슨 일들이 펼쳐지는 것일까. 책 밖에서나 책 안에서나 무슨 일들이 일어나는 것인지 알아차릴 수 없었다. 씨안은 507호 사람들을 미행했고 프래니와 주이는 더 이상 서로를 아끼지 않는다. 어떻게 하다 씨안은 507호 남자를 생각하게 되었고 어떻게 하다 씨안은 507호 여자를 아름답다고 생각하게 된 것일까. 그리고 프래니, 너는 어디로 간 거니. 씨안은 책 속에 고개를 묻었다. 두통은 멈추지 않았고 어지러움도 마찬가지였다. 씨안은 목이 타서 입술이 하얗게 말랐다. 씨안은 물을 마시러 내려가야 하나 말아야 하나 하고 잠시 고민했다. 목이 마르긴 한데 내려갈 수 있을까. 시선은 여전히 책장 위를 왔다 갔다 하고 있었다. 여전히 무슨 일이 일어나는지 알지 못한 채였다. 그렇게 다섯 장쯤 넘겼을까. 프래니는 방으로 돌아왔다.

주이 보았어?
아니.

프래니는 미움과 분노가 섞인 표정을 간신히 억누르며 묻고 있었다.

너 나가고 금방 나갔어.

씨안은 조심스럽게 덧붙였다. 프래니는 대답도 없이 다시 방을 나갔다. 금방이라도 허물어질 것 같은 뒷모습이었다. 씨안은 천천히 몸을 일으켜 공동부엌으로 향했다. 호텔 안은 조용했다. 복도에는 아무도 없었다. 사람들의 목소리도 노랫소리도 발소리도 들리지 않았다. 씨안은 물을 따라 천천히 목 안으로 넘겼다. 조금은, 아주 조금은 더 나아지는 것 같았다. 물기는 하얗게 뜬 입술을 적셨다. 씨안은 찬장에 있는 물병에 물을 따라 방으로 향했다. 여전히 호텔 안은 조용했다. 그녀는 마치 이 호텔에 혼자 있는 기분이었다. 다들 왜 아무 소리도 안 내는 거지? 말 좀 해봐. 그녀는 자신의 발소리만을 들으며 간신히 방 안으로 돌아왔다.

이미 밤은 깊었다. 밤은 깊고 어두웠고 프래니와 주이는 방 안에 없고 그렇다고 다른 사람들이 주변에 있는 것 같지도 않다. 소리는 사라지고 없었다. 씨안은 침대에 누워 어딘가에서 들릴지도 모를 소리에 귀를 기울였다. 누군가의 목소리가 들리는 것도 같았으나 그 소리를 들으면서도 그 소리를 정말로 듣는 것인지 아니면 스스로 어떤 소리를 상상하고 있는 것인지 알 수 없었다. 씨안은 시간이 지나도 잠이 도무지 오지 않아 침대에서 일어나 이어폰으로 음악을 듣다가, 책을 읽다가, 급기야는 방을 청소했다.

밤은 이미 깊고 깊었다. 소리는 사라졌고 두통은 그대로이고 음악을 들을 때나 책을 읽을 때나 청소를 할 때나 이것이 더할 나위 없이 무의미한 행동이라고 확신했다. 씨안이 방 청소를 다 끝낼 때까지도 프래니와 주이는 돌아오지 않았다. 씨안은 열리지 않는 문을 오래도록 쳐다보았다. 그리고 그것이 그날의 끝이었다. 프래니도, 주이도 방으로 돌아오지 않았다.

20

이상한 밤이었다. 을이 방에 돌아왔을 때 민주는 침대에 앉아 라디오를 듣고 있었다. 둘은 주먹밥과 샐러드를 주문해 먹고는 차를 우려 한 잔씩 나눠 마셨다. 을과 민주는 둘 다 카페인에 강한 사람들이었다. 카페인과 수면이 전혀 상관없는 사람들 말이다. 그리고 그들은 씻고 차를 한 잔씩 더 마신 후 침대에 누웠다. 어둠에 완전히 익숙해졌을 때쯤, 민주는 천천히 입을 떼었다.

며칠 전에는,

그리고 잠시 말을 멈추었다.

학교 근처 극장에서 잠이 들었어. 길을 헤맸는데…… 더 이상 걸어갈 수가 없었어.

아. 그래서 아팠구나.

그런가 봐.

둘은 몸을 돌려 서로를 바라보았다. 그들의 눈은 이미 어둠에 익숙해져 있었고, 둘은 서로를 알아보고 바라볼 수 있었다. 어둠

에 익숙해진 눈은 서서히 어둠을 거둬 서로를 서로에게 드러나게
했다. 민주는 옆으로 누운 채로 눈을 깜빡였다. 을은 눈을 감았다,
떴다. 민주. 너의 눈에 나는 어떻게 보이니. 을은 이불을 목까지
끌어당기며 가만히 속으로 물었다. 을은 습관처럼, 그리고 주문처
럼 계속 민주의 이름을 불렀다. 민주와 을은 여전히 서로를 바라
보고 있었다. 그들은 서두르지도 주저하지도 않았다. 너는 그곳에
있어—나는 너를 볼 수 있어. 둘은 서로가 그곳에 있다는 것을 알
고 있었다. 너는 손을 뻗어 나를 쓰다듬지 않았고 나도 너에게 다
가가 입 맞추지 않았어—하지만 나의 얼굴 위로 너의 숨결이 와
닿고, 너의 머리카락을 움직이고 있는 것은 바람이 아니야. 그들
은 서로를 보고 있고 눈을 떼지 않고 있고 동시에 그것이 놀랍다
고 느꼈다. 이미 어둡고, 이미 깊은 밤이고 이미 고요하다. 둘은
눈으로 서로에게 서서히 다가가 서로의 깊은 곳을 향해 걸어갔다.
민주. 나의 눈은 어두운 곳을 향해 걸어가고 있어. 을은 이불을 다
시 끌어당기며 주문처럼 민주의 이름을 불렀다. 민주. 민주. 그리
고 민주 역시 어딘가를 향해 걸어가고 있었다. 민주의 시선은 어
딘가를 향해 가고 있었다. 어딘가 먼 곳을 향해. 둘은, 그리고.

　　그때였다. 멀지 않은 곳에서 탕! 하는 소리가 났다. 둘은 동시
에 몸을 벌떡 일으켰다. 둘이 몸을 일으킨 동시에 탕! 하는 소리가
한 번 더 이어졌다.

들었어?

응. 총소리지?

응. 근데…….

응?

음.

민주는 말을 잠깐 멈추었다가 다시 이어나갔다.

처음 들었을 때는 당연히 총소리라고 생각했는데, 며칠 전에
동네 사람들이 불꽃놀이 하지 않았어?

응. 그건 그런데, 이건 두 번 나고 말았잖아.

그렇지. 그렇겠지? 그런데 이 소리 굉장히 가깝지 않았어?

응. 가까웠어.

민주는 일어나 방 불을 켰다. 그러고는 열쇠를 챙겼다.

잠깐만 기다려봐.

나가볼 거니?

응.

민주는 조심스럽게 문을 닫고 나갔다. 복도에서 발소리가 들

렸다. 웅성거리는 소리도 들렸다. 을은 민주에게 가지 말라고 했어야 했나 하고 잠시 후회했다. 얼마 안 지나 복도에서 사람들이 모여 이런저런 추측과 의견을 나누는 소리가 들렸다. 그리고 또 얼마 안 지나 구급차 소리가 들렸다. 을은 초조하게 방 안을 계속 왔다 갔다 했다. 구급차 소리는 점점 커졌다. 민주가 문을 벌컥 열고 들어왔다.

무슨 일이니.

호텔에서 일하는 직원이 손님을 총으로 쐈나 봐.

뭐?

총을 어떻게 구한 거지?

왜 그런 거래?

거기에 손님 말고 다른 직원이 있었대. 그런데 그게 그 사람 애인이었나 봐.

손님방에?

응. 경찰들이 와서 다른 손님들에게 총소리 언제 들었냐고 묻고 있어. 그 직원 아느냐고 묻고.

어떻게 생긴 사람이야?

그…… 호텔 로비 근처 계단에서 담배 자주 피우던 어린 여자 두 명 기억나?

응.

빨간머리 여자가 손님을 쏘았대. 그런데 총을 대체 어디서 구한 거지?

그러면 갈색머리 여자가 손님이랑 있었던 거야?

그런가 봐. 아직 잘 모르겠어.

얼마 지나지 않아 방문을 두드리는 소리가 들렸다. 경찰이었다. 민주와 을은 십오 분쯤 전에 총소리를 들었다고 진술했다. 그들은 로비 근처 계단에서 담배를 자주 피웠어요. 어떤 사이인지는 잘 모르겠어요. 그냥 친해 보였어요. 똑같은 진술을 다섯 번쯤 반복했다. 경찰은 수고하셨습니다,라고 말하고는 방을 나갔다. 민주와 을은 아무 말 없이 한참 동안 방 안을 서성댔다. 어느새 날이 밝아오고 있었다. 여전히 그들은 방 안을 불안하게 서성댔다. 어느 순간 도무지 참을 수 없어진 둘은 옷을 대충 챙겨 입고 밖으로 나갔다. 바깥이라고 달라질 것은 없었다. 엘리베이터는 사용이 금지되어 있었고 호텔 복도를 따라서는 노란 테이프가 둘러져 있었다. 을과 민주는 서로를 붙잡고 계단을 내려왔다. 삼층은 아예 출입이 통제되어 있었다.

그 손님이 삼층에서 묵었대.

호텔 안 곳곳에는 노란 테이프가 둘러져 있었고 스프레이가 뿌려져 있었다. 둘이 간신히 로비까지 내려오자, 그곳에는 불안해진 숙박객들이 여럿 모여 있었다. 둘은 그들을 지나 걸었다. 둘은 버스 정류장 쪽을 따라 걸었다. 갈 곳도 가고 싶은 곳도 없었다. 무작정 걷고 있었다. 어디인지, 어디를 향해 가는 것인지도 알 수 없었다. 얼마쯤 더 걷자, 날은 완전히 밝아졌다. 식료품점과 아침식사를 파는 카페에서는 사람들이 나와 셔터를 올리고 있었다. 민주와 을은 여전히 어디로 가는지도 모른 채 무작정 걷고 있었다. 새벽의 바람은 차갑고 쌀쌀했다. 마음이 복잡했다. 우선 둘은 너무 놀라 있었다. 한밤중에 총소리가 들렸고 웅성거리는 소리가 들렸고 경찰들과 구급차가 밀려들었다. 가까스로 정신을 가다듬자, 어쩌면 다른 호텔 직원이 문을 열고 다른 손님을 쏠 수도 있다는 생각이 들었다. 가능한 일이었다. 그렇게 생각하자 을은 온몸이 떨렸다. '그렇다면 호텔을 옮겨야 하나. 학교에 기숙사 남는 자리가 있는지 알아봐달라고 해야 하나.' 하지만 그런 식의 사건은 어디에서나 있을 수 있는 일이었다. 기숙사 직원이 학생들을 쏠 수도 있었다. 한참을 걸은 을과 민주는 문을 연 카페로 들어갔다. 뜨거운 커피와 차를 토스트와 함께 시켰다. 하지만 둘 다 아무것도 먹고 싶지 않은 기분이었다. 커피만 간신히 몇 모금 넘길 수 있었을 뿐이다.

을. 학교로 바로 갈 거니?

응. 다시 돌아가기 싫어. 지금은.

수업에 필요한 건 다 챙겨서 나온 거야?

아니.

내가 그럼 잠시 들렀다 나올게.

지금 돌아갈 거야?

음. 좀 있다가.

민주는 커피를 몇 모금 더 넘긴 후 호텔로 돌아갔다. 을은 멍하게 카페에 앉아 민주를 기다렸다. 이상한 밤이었다. 날은 이미 밝았지만 을은 여전히 그 이상한 밤 안에 있었다. 도무지 벗어날 수 있을 것 같지 않았다. 얼마쯤 지났을까. 민주는 을의 수업 교재를 챙겨서 카페로 돌아왔다. 둘은 손도 대지 않은 토스트를 컵과 함께 쓰레기통에 버렸다. 민주와 을은 학교까지 걸었다. 학교에 가기에는 이른 시간이었지만 다른 방법이 있는 것도 아니었다. 민주는 을을 연구실까지 데려다 주고 돌아갔다. 을은 선반 위에 있는 스미스의 음반을 틀었다. 집으로 가기 싫으니 차를 타고 끝까지 가자고 부탁하는 노래를 반복해서 틀어두었다. 강의실은 너무 조용했고 음악이라도 틀어놓지 않으면 도무지 견딜 수 없을 것 같았기 때문이었다. 단지 그뿐이었다. 을은 음악에 귀를 기울일 수 없었다. 무엇이라도 해야 할 것 같아 물을 떠와 전기포트에 끓였다. 물이 끓기 시작했다. 을은 연구실을 나와 식수대로 가 물병에 새 물을 떠왔다. 물이 끓다가 서서히 줄어들면 물병 속의 새 물을 다시 부었다. 전기포트 안의 물도 다 끓어 없어지고 새로 떠온 물병 속의 물도 사라졌을 때쯤 학생들이 강의실로 들어오기 시작했다. 을은 수업이 어떻게 진행되었는지 기억할 수 없었다. 무슨 말인가를 쉼 없이 했던 것 같다. 하지만 그것이 무엇이었는지는 기억이 나질 않았다. 학생들이 대답도 하고 질문도 가끔 했던 것 같다. 하지만 그것 역시 무엇이었는지는 기억이 나질 않았다. 그렇게 어떻게 진행되었는지 기억이 나지 않는 강의가 끝났다. 을은 연구실로 돌아와 물을 다시 끓이기 시작했다.

물병을 세 번쯤 비웠을 때 민주가 연구실로 왔다. 둘은 연구실을 나와 다시 걷기 시작했다. 민주와 을은 어떤 생각도 하지 않으려고 애썼다. 그것이 어떤 생각이든 말이다. 생각 자체를 하지 않으려고 애썼다. 하지만 그렇게 노력해도 둘은 끝없이 불안했고 끝없이 복잡했다. 생각을 하지 않으려 해도 이미 머릿속에는 어떤 거대한 생각이 꽉 차 있었다. 그 거대한 생각이 머릿속을 꽉 채우고 있었기 때문에 둘은 어떤 생각도 할 수 없었다. 그 어떤 생각은 둘의 머리를 어깨를 팔다리를 짓누르고, 그리하여 온몸을 짓눌렀다. 을은 어떤 생각도 하지 않았으나 끝없이 불안하고 끝없이 복잡했다. 그것은 민주도 마찬가지였다. 둘은 다만 그 상태를 견딜 수 없어서 하염없이 무엇인가를 했다. 걷다가 영화관으로 들어가 괴물이 나오는 영화를 보았으며 극장에서 나와 공원에서 하는 공연을 보았다. 공연마저 끝나자 어쩔 수 없이 둘은 다시 걷기 시작했다. 민주와 을은 언젠가는 방으로 돌아가야 한다는 것을 알았다. 하지만 지금 당장은 그러고 싶지 않았다.

둘은 학생들로 늘 꽉 차 있는 볶음국수를 파는 식당으로 가서 저녁을 먹었다. 학생들은 시끄러웠고 음악도 못지않았다. 하지만 그것은 둘에게 당장 절실하게 필요한 것이었다. 둘은 국수를 먹고 나와 일렉트로니카를 트는 클럽으로 가 술을 마셨다. 음악은 클럽 안을 울렸다. 그 울림이 둘의 팔과 얼굴에 전해졌으나 그것이 다였다. 울림은 심장에 가 닿지 않고 그저 귓가나 벗은 팔 정도를 떨리게 할 뿐이었다. 여전히 둘은 취할 수 없었다. 취하고 싶었으나 취해지지 않았다. 정신은 또렷했고 술을 마시고 마시고 또 마셔도 그것은 마찬가지였다. 둘은 가지고 있는 돈이 다 떨어질 때까지 술을 마셨다. 그럼에도 둘 다 조금도 취하지 않았다. 그리고 다시 밤이었다. 하루가 지났으나 여전히 을과 민주는 그 이상한 밤에서 벗어날 수 없었다. 여전히 이상한 밤 안에 있었다. 방으로 돌아오자 그것은 더욱 명확해졌다. 여전히 이상한 밤이었다. 여전히.

21

· 주이는 그 시간, 삼층의 그 손님과 함께 있었다.

· 주이는 언제부터인가 그 손님의 방에 있는 시간이 늘어났다.

· 씨안이 방에 없을 때 프래니와 주이는 그 문제로 자주 다투었다.

· 프래니는 주이를 추궁했다.

주이는 경찰 앞에서 그렇게 천천히 또박또박 진술했다. 주이는 간간이 주저하고 또 가끔은 곤란한 표정을 지었으나 대개는 꼿꼿이 앉아 막힘없이 진술했다. 그렇게 다투던 어느 날 밤 프래니는 주이와 함께 있는 그 손님을 쏘았다. 손님은 죽었다. (주이는 고개를 숙이고 잠시 울었다.) 씨안은 프래니와 주이와 함께 경찰서를 왔다 갔다 하며 진술을 했다. 주이는 성인이었으나 프래니는 아니었다. 프래니는 범죄를 저지른 미성년들이 가는 감옥으로 갔다. 그리고 주이는 고향으로 돌아갔다.

날 주이라고 부르지 마.

다시 만나지 않았으면 좋겠지만 만나더라도 주이라고 부르지 마.

프래니와 주이는 방 안의 모든 흔적들을 그대로 둔 채 감옥으로, 또 고향으로 갔다. 씨안은 주이가 고향으로 돌아간다는 것이 믿기지가 않았다. 프래니와 주이가 연인 사이라는 것이 밝혀지자 작은 시골 마을의 목사였던 프래니의 아버지와 고등학교 교사이던 어머니는 주이를 프래니로부터 떼어내려 온갖 험담을 서슴지 않았다. 주이와 프래니가 사촌 사이였음에도 말이다. 주이의 옷차림에 대해, 학교생활에 대해, 주이의 어머니에 대해, 도망간 아버지에 대해 그들은 험담을 아낌없이 퍼부었다. 험담은 저주가 되었고 프래니와 주이는 마을을 도망쳤다. 언젠가 옥상에서 프래니는 담배를 피우며 아버지 이야기를 했었다. 그때 주이는 무얼 하고 있었더라. 샤워를 하고 있었나. 맥주를 사러 갔었나. 씨안과 단둘이 있게 되자 프래니는 그런 이야기를 하며 부모를 증오한다고 했다. 그때도 프래니는 담배를 손에서 놓지 않았고 담배연기는 프래니의 표정을 감추었다.

씨안은 큰 상자를 사와 프래니와 주이의 짐을 담았다. 그들은 고향으로부터 도망쳐왔고 짐이 많을 리 없었다. 옷은 같이 나눠 입었고 신발은 둘 다 운동화 한 켤레가 다였다. 책도 잘 보지 않았고 음악도 잘 듣지 않았다. 짐 같은 것은 잡지 몇 권과 옷가지 몇 개, 주이의 뜨개질 도구가 다였다. 씨안은 빨래 바구니에 그들의 침대 시트를 담았다. 빨래 바구니를 들고 옥상으로 올라갔다. 휘

발유 같은 것은 없었고 라이터뿐이었다. 프래니의 라이터였다. 씨안은 라이터로 불을 붙여 시트를 태웠다. 시트는 잘 탔다. 타오르는 불꽃이 씨안의 마음을 편안하게 했다. 흐린 하늘을 향해 오렌지색 불꽃이 열심히 일렁이고 있었다. 회색 연기는 하늘 위로 올라갔다. 타닥타닥 하는 소리를 내며 시트는 타들어갔다. 불꽃을 보면 마음이 이렇게 편해지는구나. 씨안은 불꽃을 보고 있느라 눈이 아파왔지만 멈출 수가 없었다. 마음이 정말로 편안해졌다. 시트는 금방 다 타버렸다. 불꽃은 점점 작아졌다. 씨안은 신발로 불을 비벼 껐다. 불이 잘 꺼졌나 다시 한 번 확인을 하고 빨래 바구니를 들고 내려왔다. 씨안은 프래니의 라이터를 상자 속에 넣었다. 프래니의 라이터는 상자 속에 들어간 그들의 마지막 짐이었다. 씨안은 상자의 뚜껑을 닫아 프래니의 책상 밑에 두었다.

호텔의 단기 투숙자들은 대부분 그대로 머물렀다. 그들은 며칠 머물다 떠나는 것이니 그날 밤의 사건에 크게 개의치 않았다. 오히려 그들은 여행의 잊지 못할 추억의 하나로 기억될 것이라는 것에 설레어 했다. 장기 투숙자들은 직원 관리와 방범을 문제 삼아—당연히 그렇게 느낄 수밖에—대부분 짐을 쌌다. 씨안은 경찰서에서 돌아오는 길에 호텔에서 쫓겨나면 어쩌지 하는 생각이 잠시 들었다. 경찰에서 호텔 투숙객들이 직원처럼 일하는 행태를 문제 삼았다는 이야기를 들었기 때문이었다. 쫓겨나는 것은 할 수 없는 일이다 싶기도 했다. 생계가 걸린 일도 아니었고 호텔을 옮겨서 계속 하우스키핑을 할 수도 있는 일이라고 생각했으니까. 허나 호텔 주인은 오히려 씨안에게 사과를 하며 휴일 없이 일주일 내내 일해줄 것을 부탁해왔다. 급료 인상과 함께 말이다. 씨안은 그러겠다고 했다. 아직은 이곳을 떠나고 싶지 않았다. 경찰들은 그녀에게 정신과 치료를 권유하였으나 씨안은 괜찮다고 했다.

사실 괜찮지 않았다. 조금도 괜찮지 않았다. 다만 그 괜찮지 않음을 피하고 싶지 않았다. 사실 그것은 어떻게 보자면 선택의 문제가 아니었다. 괜찮지 않음은 피할 수 없는 것이었다. 그 일이 있은 후 그 괜찮지 않음은 늘 그녀와 함께했으니까. 숨 쉬는 공기는 괜찮지 않았고 지나가는 바람도 괜찮지 않았다. 결국 피할 수 있는 것이 아니었다. 똑바로 바라볼 수 있는 것도 아니었지만. 씨안은 그것을 알고 있었다. 선택의 문제도 아니었고 노력으로 가능한 문제도 아니었다. 다만 피하지 않겠다고 생각했다. 그 피하지 않는다는 것이 어떤 방식을 말하는 것인지 여전히 알 수는 없었다. 이제 더 이상 프래니와 주이가 아닌, 단지 어렸던 두 여자아이가 떠난 방에는 그녀 혼자뿐이었다. 씨안은 이 괜찮지 않음을 결코 피하지 않겠다고 다시 한 번 다짐했다. 그리고 방 청소를 시작했다.

22

프래니는 로비로 가, 직원들만 아는 서랍에 보관되어 있는 열쇠 꾸러미를 꺼내 삼층으로 올라갔다. 프래니는 성큼성큼 계단과 복도를 걸었다. 프래니는 302호 앞에 멈춰 섰다. 망설임 없이 열쇠로 방문을 열었다. 302호의 손님은 의자에 앉아 있었고 주이는 침대에 나른한 자세로 앉아 있었다. 온몸에 힘을 푼 긴장감 없는 자세였다. 주이는 프래니를 보고 잠시 당황한 표정을 지었다. 허나 이내 표정을 바꾸었다. 주이는 나른하게 살짝 미소를 지었다. 손님은 주이의 옆으로 가 앉았다. 주이는 손님의 어깨에 머리를 기댔다. 여전히 미소를 띤 얼굴이었다.

안녕 프래니.

주이는 손님의 어깨에 온몸을 기댄 채로 프래니에게 인사를 했다. 프래니는 얼굴을 찡그렸다. 프래니 스스로가 얼굴을 찡그렸다기보다는 프래니의 분노와 슬픔이 프래니의 얼굴을 있는 힘껏 구겨대고 있다는 편이 맞을 것이다. 손님은 주이 못지않게 나른하고 늘어져 있어 보였다. 그녀는 천천히 일어나 어떻게 온 거지 하고 웅얼거리는 발음으로 프래니에게 말했다. 그녀의 발음은 불안

정했고 그녀의 걸음 역시 비틀대고 있었다. 그녀는 그 비틀거리는
걸음으로 다시 침대로 돌아가 앉았다. 침대에 반쯤 쓰러져 있던
주이는 몸을 일으키더니 프래니에게 다시 인사를 했다.

안녕 프래니. 잘 지냈어? 여기는 어쩐 일로 온 것이니? 음. 여
기는 왜 온 거야? 하하. 왜 온 거야? 왜 온 거냐고 물었어. 왜? 왜?
내게 소리를 질렀잖아. 왜 온 거야 그런데?

주이는 늘어지는 목소리로 왜? 왜? 하고 물었다. 그것은 질문
같지 않았고 단지 어떤 늘어짐 같았다. 넝쿨의 늘어짐, 미친 여름
의 정오 같은 늘어짐 말이다. 그러는 사이 프래니의 분노와 슬픔
은 그녀의 얼굴을 계속해서 구겨댔다. 프래니의 볼 위로 눈물이
떨어졌다. 프래니는 손으로 눈물을 닦았다. 프래니의 얼굴은 순간
적으로 냉정해졌다. 냉정해진 얼굴로 프래니는 주이를 뚫어져라
바라보았다. 302호의 손님은 여전히 불안정해 보였다. 그녀는 다
시 몸을 일으키더니 프래니에게 다가갔다.

여기는 내 방이야. 어떻게 들어온 거지? 내 방이라고.

그녀는 휘청거리면서도 쓰러지지 않으려 애썼다. 곧 쓰러질
것 같았는지 그녀는 비틀대며 침대로 갔다. 물론 곧 침대 위에 쓰

러졌다.

　그래. 여기는 우리 방이 아니야. 숙소가 아니라고. 여기는 그녀의 방이야. 손님들이 묵는 방이지. 너는 열쇠 꾸러미를 가지고 온 거니? 훔쳐온 거니? 너의 생각대로 나는 여기에 있었어. 여기에. 우리의 방이 아니라 손님의 방에. 바로 여기에.

　주이는 화내지도 않고 소리 지르지도 않았다. 유치원 선생님이 아이들에게 설명을 해주듯 친절한 목소리로 말했다. '여기에'라고 말할 때는 손가락으로 바닥을 가리키기까지 했다. 그런 주이를 프래니는 냉정하게 바라보다가 분노에 사로잡힌 얼굴을 하고 쏘아보다가 눈물을 흘리다가를 반복했다. 주이는 말을 했고 프래니는 말을 하는 대신에 표정을 바꾸었다. 그런 식으로 그들은 대화를 계속했다.

　프래니. 프래니? 듣고 있지? 오, 프래니. 그래 프래니. 프래니는 참 예쁜 이름이야. 주이도 그렇지. 예쁜 이름을 가진 프래니. 실제로 예쁜 프래니. 듣고 있니? 무슨 말인지 알겠니? 여기는 우리 방이 아니야. '여기는' '우리' 방이 '아니야.' 물론 내가 이 방 주인인 것은 아니야. 그렇지만 나는 초대를 받았어. 나는 그녀의 친구거든. 친구. 프래니. 우리는 뭘까? 나는 그녀의 친구. 프래니. 너의 친구는 누구니? 친구. 아, 그래. 씨안이 있지. 그래. 씨안은 우리의 친구지. 하지만 그녀도 나의 친구야. 우리의 친구는 아니지만 나의 친구. 그러니까 아, 목이 마르네. 프래니. 예쁜 프래니. 내가 하려는 말은 말이지.

주이는 몸을 일으켜 테이블에 있는 물을 마신 후 이야기를 이어나갔다.

음. 프래니. 내가 하려는 말은, 나는 이분의 친구이고 그 말은 이 방은 내 방이 아니지만 나는 여기에 있어도 된다는 거야. 그렇지만 너는 아직 그녀의 친구가 아니잖니. 이것은 후, 무례한 거야. 알고 있니 프래니? 이것은 남에게 피해를 주는 거지. 우리는 파티를 하고 있었거든. 친구들끼리의 파티. 그런데 네가 열쇠 꾸러미로 이 방문을 예고도 없이 열어버린 거야. 오, 세상에. 예쁘고 착하던 프래니가! 아니!

주이는 과장스럽게 놀라는 표정을 지었다. 침대에 쓰러져 있던 손님은 몸을 일으켜 주이를 껴안으며 친구! 하고 웅얼거리는 목소리로 말했다. 포도주 냄새가 방을 꽉 채우고 있었다. 프래니는 문득 포도주 냄새 때문에 머리가 아프다고 느꼈다. 머리가 아프고 눈에서는 눈물이 쉴 새 없이 쏟아졌다. 프래니는 입고 있던 티셔츠로 눈물을 닦고는 다시 냉정한 표정을 지었다. 방에 들어온 이후 프래니는 한마디 말도 없었다. 주이는 쉴 새 없이 이야기를 이어나갔다. 프래니는 대답도 질문도 아무것도 없이 그저 주이만을 바라보았다. 프래니는 오직 표정만을 바꾸며 주이의 끊임없는 질문과 주장에 대답을 하고 있었다. 그들은 서로의 얼굴을 피하지 않았다. 그들은 서로의 깊은 곳을 찔렀다. 그들만의 대화로 말이다. 프래니는 바지 뒷주머니에서 총을 꺼내 주이를 향해 겨눴다. 주이는 프래니가 처음 방에 들어왔을 때처럼 당황한 표정을 지었다. 그러다 이내 아무런 감정 없는 차가운 표정을 지었다. 302호의 손님은 여전히 침대에 쓰러져 있었다. 움직임이 없는 상태였다. 손님은 침대에 쓰러져 있고 프래니는 주이를 향해 총을 겨누고 있고 주이는 무표정으로 프래니를 보고 있다. 그들은 그런 식으로 아무런 변화 없이 한참 동안을 서로를 찌르고 있었다. 주이는 천천히 입을 뗐다.

내려.

프래니는 내려놓지 않았다. 손님은 서서히 눈을 떠 취한 눈으로 프래니를 보았다. 그녀는 얼굴을 찡그리며 프래니를, 아니 프래니가 들고 있는 것이 총이 맞는가를 보았다. 그녀는 가늘게 떨면서 손으로 입을 막았다. 그녀는 이불을 손에 꼭 쥐고는 여전히 가늘게 떨고 있었다. 주이는 긴장된 동작으로 머리를 넘겼다. 그리고 다시 말했다.

프래니, 내려. 제발 내려. 내려줘. 다시 이야기해. 내가 취했었나 봐. 그러니 내일 이야기하자. 제발 내려줘.

주이의 마지막 말에는 물기가 어려 있었다. 주이는 손으로 침대 시트를 꽉 쥐고 있었다. 프래니는 취한 눈을 한 채로 열심히 떨어대고 있는 그 손님이 무척 추하다고 느꼈다. 그 손님이 추하다고 느껴지자 프래니는 더욱 참을 수가 없었다. 주이, 왜지? 왜 저렇게 추한 여자야? 프래니는 마음속으로 그렇게 묻고 있었다. 하지만 프래니는 여전히 입을 떼지 않고 있었다. 그 손님은 여전히 불안한 눈빛으로 벌벌 떨고 있었다. 프래니는 그 손님이 주이를 껴안으며 친구! 하던 순간이 문득 생생하게 되살아났다. 왜지? 왜 너는 추하고 주이는 왜 하필 너와 함께 있지? 프래니의 마음 한구석에서 '그녀는 추해' 하는 마음이 갑자기 이전과는 다른 강도로 치솟았다. 그녀는 추해, 역시 몹시 추하고 역겨워. 주이의 눈에는 원망과 두려움이 가득 차 있었다. 주이, 그 원망의 눈빛은 네가 나에게 지을 것이 아냐. 저 추한 여자를 봐, 그녀에게 그런 눈빛을 보내도록 해. 저 추한 여자에게 말이야. 프래니의 마음속에 울타리처럼 쳐 있던 어떤 한계가 그 순간 모두 부서지고 깨어졌다. 그와 함께 프래니는 총을 든 손에 다른쪽 손을 포갠 후 힘을 주어 방아쇠를 당겼다. 물론 그것은 추한 쪽을 향해 있었다. 프래니의 몸은 반동으로 뒤로 밀려났다. 프래니는 양손에 힘을 주어 다시 방아쇠를 당겼다. 주이는 뒤늦게 소리를 질렀다. 프래니는 총을 손에 쥔 채로 고개를 푹 숙였다. 바닥에 쓰러지듯 앉은 채로 말이다.

23

민주는 씻지도 않은 채로 침대에 쓰러져 잠이 들었다. 을도 마찬가지였다. 다행히 다음 날은 화요일이었다. 만약 며칠 내로 기운을 차리게 된다면 이곳을 떠날지 말지를 결정할 수 있을 것이라고 민주는 생각했다. 하지만 그것은 생각일 뿐이었다. 민주가 어떻게 생각하든 결정은 을의 몫이었다. 민주는 다만, 을의 생각이 어떤지 물을 기회에 대해 생각해볼 뿐이었다. 이미 많은 수의 장기 투숙자들이 짐을 싸 떠났다. 호텔 앞에는 그들을 기다리는 택시들이 줄을 이었다. 그날 밤 방 안의 공기는 전날처럼 수상했다. 민주와 을에게서는 술 냄새가 심하게 났으나 실제로 둘은 조금도 취하지 않았다. 오히려 취할 수 없었다. 불안과 초조, 짜증이 방 안을 채웠다. 거기에 이유를 알 수 없는 슬픔도 함께했다. 내일이면 나아지겠지. 아침이 되면 나아지겠지. 민주는 그렇게 속으로 중얼거리며 잠이 들었다.

잠이 들었고 민주는 자연스럽게 어딘가로 향해 가고 있었다. 그곳은 숲이었다. 민주와 윤과 바원이 있는 곳이었다. 늪에 다녀온 후, 민주와 윤, 바원은 서서히 서로에게 익숙해져갔다. 그들은 서로를 친구로, 같이 사는 식구로, 정다운 이웃으로 인정하고 있었다. 셋의 관계는 가깝고 다정했고 더욱 깊어졌다. 허나 그만큼 민주의 방은 서서히 수상한 공기로 채워졌다. 그때 민주의 방을 채우고 있던 것은 서로 다른 두 가지 층이었다. 첫번째 층은 다정하고 사려 깊은 성질을 가지고 있는 층이었다. 물론 그것은 윤과 바원이 민주에게 전해준 것이었다. 그들과 주고받은 친밀함은 방바닥을 잔잔한 모양으로 채워갔다. 부드러운 층이었다. 다만 얇고 허약해 사라지기 쉬웠다. 한편 그 위층은 그보다 강력한 어떤 열망으로 채워졌는데 그것은 그들의 시간을 아주 작은 조각으로 잘라 날려버리고 싶다는 열망이었다. 그들이 나눠온 오랜 시간과 대화와 공기 같은 것을 사라지게 하고 싶었다. 함께할 수 없는 것이라면 사라지게 하고 싶고, 그럴 수조차 없다면 역전시키고 싶었다고 하는 편이 맞을 것이다.

그러니까, 이제는 나와 더 오래 지내면 되는 것이잖아. 시간은 많고 나는 기다리는 것을 잘하니까 그러면 되는 것이잖아. 그렇지 않아? 민주는 그렇게 방 안에 대고 말했다. 그렇게 스스로에게 말하고 나면 온몸이 떨리기 시작했다. 윤의 어머니처럼 누군가는 죽겠지. 누군가는 사라지겠지. 그러니까 이제 내가 윤과 함께 있으면 되는 것이잖아. 민주는 떨면서도 그렇게 덧붙였다. 가능한 이야기였다. 바원은 단단하고 굳은 사람이지만, 이제는 너무 나이가 많잖아. 그리고 무엇보다 지금까지 오랫동안 윤과 함께 있어왔잖아. 그러니 이제는. 그러니 윤은 이제 나와. 민주는 늘 그런 식으로 밤이면 스스로를 설득시켰다.

민주는 윤과 바원을 동시에 똑같이, 어쩌면 윤보다 바원을 더, 좋아하고 아꼈다. 그럼에도 매일 밤 그런 생각과, 그것을 구체화시킨 계획들을 떠올렸다. 민주의 계획들은 그런 식으로 온 밤과 온 방을 채웠다. 그가 숲을 떠나기 전까지 말이다. 때때로 방 안의 두 가지 층은 분명한 차이가 있었다. 섞이지 않고 그저 각자의 색을 그대로 갖고 있었던 것이다. 하지만 대개 위층은 무겁게 아래층을 눌러댔다. 짓눌렀다. 나는 그것을 역전시키고 싶어. 위층은 무거운 목소리로 분명하게 말했다. 아래층은 쉽게 부서지고 쪼개지고 사라졌다. 방 안은 늘 수상한 공기로 가득 차 있었다. 눈이 밝은 바원은 그 수상한 공기를 진작 알아챘을 것이다. 하지만 아무 말 없이 지나가주었겠지. 해가 뜨고 새로운 날이 시작되면, 민주는 그 수상한 기운을 걷어젖히고 아침을 맞았으며 윤과 바원을 도와 음식을 차리고 치웠다. 같이 숲을 따라 걸었고 떨어진 과일을 주웠다. 아주 가끔씩 들르는 마을 사람들과 함께 차를 마시기도 했다. 마을 사람들은 자연스럽게 그를 윤과 바원의 친구로 인정해주었다. 날이 쌀쌀해지자 마을 사람들은 바원의 부탁으로 그가 입을 만한 겨울옷을 구해다 주기도 했다. 고마운 일이었다. 그곳에서 보낸 하루하루가 모두 고마웠다. 언제 받아보았는지 기억나지 않는 다정함, 사려 깊은 배려 같은 것을 민주는 받았다. 그럼에도 해가 지고 하루가 저물어가면 수상하고 이상한 기운들로 방

안이 채워졌다. 겨울이 깊어져 민주가 그곳을 떠나기 전까지 말이다. 그 수상한 기운은 늘 언제나 방 안을 안개처럼 덮고 있었다. 그것은 환상이 아니라 실제였다. 구름과 안개, 연기 같은 정말로 눈에 보이는 것이 방 안을 채우고 있었다. 민주는 수상해하지도 괴로워하지도 않고 그 안에 앉아 있었다. 그는 편안해 보였다. 원래 그런 곳에서 잘 지낸다는 표정이었다. 한참 동안 그 방이 보였다. 수상한 공기와 그 방이 말이다.

눈을 뜨자 민주는 여전히 수상한 방 안이었다. 긴장과 불안이 피어오르는 방 안이었다. 술 냄새는 아직까지 방 안을 떠돌고 있었다. 을은 침대에 누워 있었다. 을은 침대에 누워 천장을 바라보고 있었다. 그저 별생각 없이 천장을 보는 것이 아니라 고개를 한껏 젖혀 천장을 바라보고 있었다. 오직 천장만을 말이다. 그 자세는 꽤 불편해 보였다. 자세 때문인지 아니면 잠을 잘 못 잤는지 을은 무척 피곤한 얼굴이었다. 민주는 아무런 노력 없이 눈앞에 보이는 천장을 그저 바라보았다. 둘은 한참을 아무 말 없이 침대에 누워 천장만을 바라보았다. 방법은 달랐지만 어쨌거나 둘은 그저 천장을 바라보고 있었다. 화요일 아침이었다. 민주와 을은 한참 동안 아무것도 하지 않고 침대에 누워 천장만을 바라보아도 되었다. 어쨌거나 화요일이었다.

하우스키핑. 하우스키핑.

노크 소리와 함께 힘없는 목소리가 들렸다. 단발머리의 여자
는 열쇠 꾸러미와 스펀지를 들고 방으로 들어왔다. 을은 서서히
일어나 세면대 위에 있는 비누곽과 폼 클렌저를 책상으로 옮겨두
었다.

고마워요.

여자의 목소리는 여전히 힘이 없고 건조했다. 며칠 전 민주가
극장에서 자고 돌아온 다음 날의 모습과는 사뭇 다른 모습이었다.
그러고 보니 매주 화요일 방문을 두드리던 사람은 빨간머리 여자
였다. 그 사실을 깨닫자 이전까지 어떤 느낌으로 다가오던 그날
밤의 일이 이제는 사건으로 다가왔다. 불안한 기분, 어깨를 짓누
르는 무거운 마음, 두통 같은 것이 아니라 사건으로 말이다. 그 빨
간머리 여자는 감옥으로 보내졌을까. 다른 갈색머리 여자는 이곳
을 떠났을까. 그리고 그 자리를 대신해 지금 저 여자가 일을 하는
것일까. 을은 포트에 물을 담아 코드에 꽂았다. 곧 있으면 물 끓는
소리가 들리겠지. 단발머리 여자는 소리 없이 조심스럽게 쓰레기
통을 비웠다. 문득 빨간머리 여자가 방 안으로 들어오면 늘 옅은
담배연기 냄새가 났던 것이 기억났다. 을은 가끔 그 여자가 방을

들어왔다 나가면, 갑자기 밖으로 나가 담배를 사오기도 했다. 을은 실제로 일 년에 담배를 서너 차례 피울까 말까 한, 흡연자라고 하기도 뭐한 흡연자였음에도 말이다.

금요일에 시트를 세탁기에 돌리고 다시 깔 거예요. 앞으로 계속이요.

단발머리 여자는 스펀지를 손에 든 채로 말했다. 을은 책상 앞에 있었고 민주는 침대에 앉아 있었고 여자는 문 근처에 서 있었다. 방 안에는 여전히 수상한 공기가 떠돌았다. 그 수상한 공기를 만든 그날 밤의 일을 단발머리 여자는 자신의 존재로 다시 불러내고 있었다. 하지만 그것은 단지 그날 밤의 사건 때문이 아니었다.

아, 고맙습니다.
네.

여자는 조용히 방을 나갔다. 민주와 을은 그들을 그토록 불안하게 만든 어떤 수상한 덩어리가 단지 하나의 사건으로 바뀌는 것을 아주 짧은 순간에 보았다. 당연히 그것을 가능하게 한 사람은 그 단발머리 여자였다. 방 안은 여전히 수상했고, 어쩌면 이전보다 더 수상했지만 분명히 이전과는 다른 수상함이었다. 민주와 을은 그것이 무엇인지 몰라 그저 끓는 물을 바라보기만 했다. 한참 동안을 말이다.

24

을은 힘겹게 눈을 떴다. 눈을 뜨니 방 안에는 술 냄새가 떠다니고 있었다. 민주는 여전히 자고 있었다. 을은 서서히 몸을 일으켜 침대 위에 앉아 세면대를 바라보았다. 제이가 현관 쪽에서 걸어와 씩 웃으며 손을 흔드는 모습이 보였다. 제이는 세면대에 몸을 기대어 을을 바라보았다. 제이는 을과 여러 번 잤음에도 절대로 그녀의 방에서 밤을 보내지 않았다. 제이는 을의 무릎에 기대어 낮잠을 자다가도 어둠이 깔리면 일어나 자신의 방으로 향했다. 물론 방으로 향하기 전에 둘은 키스를 했고 키스를 하다가 을은 제이의 셔츠 속으로 손을 집어넣었고 제이는 을의 치마 속으로 손을 집어넣기도 했고 그러다 둘은 침대 위로 쓰러질 때도 있었고 제이는 샤워까지 하고 방을 나설 때도 있기는 했다. 물론 거의 매번. 그럼에도 제이는 을의 방에서 밤을 보내지 않았다. 물론 납득은 간다. 을이라도 마찬가지였을 것이다. 린다는 고작 삼사 일 방을 비웠던 것이고 제이는 고작 삼사 일 정도만 을과 함께였던 것이다. 제이가 을의 방에 자신의 체취나 흔적 같은 것을 남길 이유는 없었다. 그러게. 그렇게 남길 이유가 없었는데도 을은 가끔씩 아, 이것은 제이의 냄새지 하는 순간을 맞게 되었다. 지금처럼 말이다.

을은 다시 침대 속으로 들어가 천장을 바라보았다. 천장만을 말이다.

문득 고개를 들었을 때 보이는 것이 있다. 이전까지는 알아채지 못했던 것이 어느 순간 고개를 들면 보이는 것이다. 문득, 어느 순간에. 을에게는 오늘 오전의 짧은 순간이 그랬다. 호텔 직원이 방을 치우러 오자, 을은 그녀가 세면대를 치우기 쉽도록 도왔다. 민주는 침대에서 몸을 일으켜 앉았다. 그녀가 을과 민주에게 침대 시트에 대해 말을 하려고 고개를 돌린 순간이었다. 어디에서 시작되었는지 알 수 없는 기운을 그들은 주고받았다. 그녀는 그 기운을 민주에게 보냈고 민주는 을에게, 을은 다시 그녀에게 보냈다. 민주는 그녀에게, 그녀는 을에게 그리고 을은 민주에게. 순서는 일정치 않았고 무엇을 주고받는지도 알 수 없었지만 무언가가 흐르고 있었다.

그녀는 고개를 돌려 청소도구를 챙겨 방을 나갔다. 을은 한참 동안 끓는 물을 바라보았다. 컵에 물을 따르고 티백을 띄웠다. 을과 민주는 묵묵히 차를 마셨다. 민주는 침대에서 일어나 냉장고로 향했다. 민주는 남은 야채를 다 꺼냈다. 그리고 그것을 잘게 썰었다. 냉장고에는 아직 계란과 국수가 남아 있었다. 민주는 잠깐 동안 고민하더니 계란과 국수를 가져왔다. 민주는 야채를 팬에 볶았

다. 간장과 설탕을 넣었다. 을은 세탁 바구니에 빨래를 담아 아래
층으로 내려갔다. 세탁기에 빨래를 넣고 버튼을 누르자 세탁기는
좌우로 움직이며 돌아가기 시작했다. 빨래를 돌리고 방문을 열자
방 안에는 볶은 야채 냄새가 가득했다. 민주는 팬에 물을 부었다.
순간적으로 치익 하는 소리가 들렸다. 민주는 냄비에 물을 끓였
다. 양쪽 다 물이 끓기 시작했고, 민주는 마른 국수를 냄비에 넣고
삶았다. 국수는 얇았고 금방 삶아졌다. 민주는 찬물에 국수를 씻
었다. 을은 그 옆에서 팬에 넣은 물이 넘치지 않도록 조절했다. 야
채는 서서히 국물을 우려내고 있었다. 민주는 여러 번 씻어낸 국
수를 그릇에 담았다.

계란 지금 넣을까?
어어.

을은 계란을 차례로 깨 넣었다. 그리고 휘휘 섞어주었다. 민
주는 국수를 반으로 나눠 그릇에 담고 있었다. 을은 민주가 국수
를 담은 그릇에 국물을 퍼 담았다. 둘은 각자의 국수 그릇을 챙겨
바닥에 신문지를 깐 후 그 위에 놓았다. 민주는 냉장고로 가서 남
은 복숭아를 씻어왔다. 국수를 다 먹으면 을은 빨래를 찾으러 갈
것이고 방을 청소하게 될 것이다. 그리고 둘은 과일과 국수, 계란
과 시리얼 같은 것을 사러 시장에 갈 것이다. 시장에 다녀온 후 을

은 수업 준비를 할 것이다. 해가 지고 기분이 내키면 차를 손에 들고 공원으로 산책을 갈 것이다. 그리고 민주와 을은 아마 앞으로 해야 할 일들을 수첩에 적어보고 그게 근사하다고 느껴지면 서로에게 읽어줄 수도 있을 것이다. 을은 민주의 계획을 듣고 민주는 을의 계획을 들을 것이다. 물론 그러다 을은 이전처럼 엉엉 울게 될지도 모르고 민주는 한숨을 쉬게 될지도 모른다. 민주는 을의 팔을 붙잡게 될지도 모르고 을은 그 팔에 힘을 주게 될지도 모른다. 허나 지금의 둘은 그럴 의욕이 조금도 없었다. 민주와 을이 이곳에서 함께 살기 시작한 이후 서서히 일어난 일이었고 무엇보다 며칠 전의 수상한 밤 이후 확실히 변해버린 일이었다. 을은 민주에게 호소할 수 없었고 호소할 수 없었으므로 호소하고 싶지가 않았다. 민주는 을이 어떤 호소를 했는지 잊어버렸다. 아마 둘은 앞으로 말이 점점 없어질 것이다. 질문도 없어질 것이고 당연히 다툼도 별로 없이 평화롭게 지내게 될 것이다.

을은 민주의 어머니라든가 혹은 지난 학교생활이라든가에 대해 아는 것이 없다. 가끔 생각날 때 한 번씩 서로에게 이야기하는 것이 전부이다. 민주 역시 공장 지대를 낀 도시에 대한 을의 애정을 알지 못한다. 그리고 을이 언젠가 그곳으로 돌아갈 것이며 그곳에서 혼자 죽고 싶어 한다는 것도 알지 못한다. 하지만 언젠가 만약 민주와 이 도시를 걷다가 높이 솟아오른 공장의 굴뚝 같은 것을 보게 된다면 을은 이야기하게 될 수도 있겠지. 그런 것을 바라기에 이 도시에서 공장을 찾기는 힘들지만 말이다. 그녀가 사랑하는 것, 민주가 사랑하는 것, 둘이 함께하고 싶은 것들, 앞으로 할 것들. 을은 그런 것들을 천천히 떠올려보았다. 내가 사랑하는 민주. 내가 사랑하는 목소리. 모든 소리가 사라진 곳에 가도 민주의 목소리를 기억해야지. 을은 민주의 목소리와 공장 지대의 한가운데를 동시에 떠올렸다. 을은 국수를 다 먹고 복숭아를 하나 집어 아삭거리며 먹었다. 민주의 비자는 곧 만료가 될 것이다. 그리고 민주는 이곳을 떠나게 될 것이다. 다른 방법을 찾을 수도 있겠지만 민주가 그 방법을 찾을 것인가에 대한 확신을 을은 가지고 있지 않았다. 그리고 을은 이번 학기가 끝나면 계약을 연장할지 말아야 할지를 결정해야 한다. 아마 연장하게 될 것이다. 을은 이 일을 좋아했고 당분간은 이곳에서 지내고 싶었다.

글쎄. 무엇인가를 그리워하게 될 것인가. 을은 스스로에게 물었다. 이미 그리운 어떤 것이 있기는 했는지. 아니면 불가피하게 갖게 되는 외국인이라는 정체성이 견딜 수 없게 느껴지는 순간이 찾아올 것인가. 을은 가만히 고개를 저었다. 이상한 예감이었지만 을은 자신이 어디에선가 혼자 죽게 되리라는 것을 가슴속 깊이 느끼고 있었으며 확신하고 있었다. 그녀가 사랑하는 것들을 떠올려보아도 그랬다. 대화가 아닌 문법, 정확한 규칙, 숨결이 없는 기계. 무엇보다 깊숙한 침묵. 을은 그녀가 사랑하는 단단하고 정확한 것들이 모인 자리에서 아무런 소리도 없이 죽게 될 것이다. 을은 그것이 자신의 길임을 알고 있었다. 그녀는 좀더 홀로 있고 싶었다. 그녀가 온전히 알아들을 수 없는 대화와 좀더 적은 사람들의 목소리, 거기에 무엇보다 직업이 있는 이곳을 그녀는 떠나고 싶지 않았다. 물론 이런 이야기를 다른 누군가에게 하지는 않는다. 그 대신 스스로에게 좀더 자주, 오랫동안 이야기한다. 잊지 않도록 말이다.

을은 문득, 며칠 전 수업시간에 한 학생이 했던 이야기가 떠올랐다. 그는 똑똑했고 차분했으며 사려 깊었다. 그때 그는 가벼운 고민인 것처럼 자신의 이야기를 시작했다. 그는 다섯 살에 이곳에 입양되었다고 했다. 그의 양부모는 그를 진심으로 아꼈다. 그들은 헌신적이었고 그들이 그에게 해줄 수 있는 것들을 다 해주려고 노력했다. 물론 지극히 지혜롭고 적절한 방법으로 말이다. 그는 어린 시절부터 한국인 보모와 함께 지냈다. 그들의 양부모는 둘다 직장에 다녔기 때문이었다. 그는 비교적 많은 나이에 입양이 된 편이었고 그의 기억 속에 한국어는 희미하게나마 남아 있었다. 그의 한국어는 클래스 내에서 가장 훌륭했다. 기본적으로 그는 언어에 재능이 있는 편이었고 또한 명석했다. 그날 그가 했던 이야기는 그랬다. 그에게 가장 편한 언어는 당연히 한국어가 아니라

지금 쓰고 있는 말이다. 하지만 다섯 살 때까지 그가 들었던 언어는 한국어였고 양부모의 배려로 어린 시절의 대부분을 한국인 보모와 함께했기 때문인지 그는 가끔 지금 쓰고 있는 언어에 어려움을 느낀다고 했다. 그가 그렇게 말하자 학생들은 모두 웃으며 장난하지 말라고 했다. 그의 언어는 누가 들어도 현지인과 같았다. 오히려 그의 언어는 그보다 좀더 지적이라고 말할 수도 있었다. 그는 웃으며 가끔 관사를 선택하는 일이나 미묘한 단어의 차이에 남들보다 둔감하다고 했다. 그리고 아주 가끔씩은 사고가 정지되는 듯한 느낌을 받는다고 했다. 그것은 한국어의 세계도, 그가 지금 쓰는 언어의 세계도, 그가 구사할 수 있는 다른 언어의 세계도 아니었다. 그는 그렇게 설명을 하고 다시 웃으며 그것은 굉장히 슬프고 두려운 순간이라고 말했다. 그의 이야기를 듣는 순간 을은 한없는 아득함을 느꼈다. 무섭다거나 두려운 것은 아니었다. 을은 그 세계를 알고 있었다. 그 세계는 어느 때고 을을 찾아왔고 을은 그 세계 속으로 걸어 들어갔다. 그녀는 언젠가 자신이 돌아가게 될 세계가 꼭 그와 같을 것이라고 느꼈다. 공장 지대의 한가운데, 어느 언어의 세계도 아닌 어둠의 한가운데, 모든 소리가 사라진 곳. 아마 그럴 것이다. 모든 소리가 사라진 곳. 바로 그곳일 것이다. 을은 다시 한 번 자신에게 힘주어 말했다. 바로 그곳이야, 라고.

25

방에는 아무도 없다. 여전히 씨안뿐이다. 씨안은 어젯밤 프래니에게 엽서를 썼다.

프래니.

여름의 한가운데야. 많이 더울까 걱정이구나.

어제는 너의 짐을 정리했어. 상자에 담아 네 책상 밑에 두었어. 그리고 너의 침대 시트는 태워버렸어. 왜 그랬는지 모르겠는데 그냥 그래야 할 것 같았어.

나는 무엇인가 너에게 하고 싶은 말이 많지만 결국에는 하지 못할 것이라는 걸 알아.

요즘은 잠들기가 어렵구나.

다만 네가 건강했으면 좋겠어.

다시 또 엽서 보낼게.

— 씨안

씨안은 편지를 쓰면서도 프래니에게 정말로 하고 싶은 말이 무엇인지 알 수 없었다. '나는 괜찮지 않으나 너는 괜찮았으면 좋겠다.' 이런 것이 아니라는 것은 확실했다. 지금 프래니가 괜찮을

리는 없었고 괜찮아질 리도 없다. 하고 싶은 말이 있기는 한 것인지 그것조차 씨안은 알 수 없었다. 엽서는 부치게 될까. 부치는 것이 좋을까. 씨안은 결국에는 부쳐야 되겠다고 결정했다. 프래니는 가족과 친구를 떠나왔고 지금은 감옥 안에 있었다. 이상하지. 주이는 더 이상 주이가 아니지만 프래니는 여전히 프래니이다. 프래니가 프래니가 아니더라도 씨안은 프래니가 변함없이 좋았다. 씨안은 프래니를 다른 이름으로 부르고도 싶었지만 아는 것이 없었다. 씨안은 만약 프래니가 답장을 해준다면, 프래니의 다른 이름을 알려주었으면 좋겠다고 생각했다. 주이가 더 이상 주이가 아니라면 프래니 역시 더 이상 프래니가 아니어야 맞는 것일 테니 말이다. 프래니. 나는 다만 네가 건강했으면 좋겠다. 정말로. 씨안은 엽서를 손에 쥔 채로 엽서에 대고 말했다.

잠이 드는 것은 힘들고 밥을 먹는 것도 힘들었기 때문에 씨안은 좀더 자주 옥상에 올라갔다. 그녀는 수첩과 펜을 챙겨 옥상으로 올라갔다.

이제 매주 화요일이면 씨안은 507호 사람들을 볼 수 있다. 그들은 오늘 방 안에 있었다. 그들도 아마 화요일에 쉬나 보다. 지금까지는 씨안이 화요일에 쉬었기 때문에 알 수 없었던 것이다. 씨안은 그 점은 좋다고 생각했다. 좀더 자주 507호의 사람들을 보고 싶었다. 프래니가 감옥에 가고 단 하나 좋은 일은 그것이었다. 이전까지 그녀를 지탱하던 균형감각이 프래니와 주이가 떠난 이후 허물어졌다. '서서히'가 아니라 '한순간에 완전히' 사라졌다. 시간이 좀더 지나 잠이 드는 일이 좀더 쉬워지고, 음식을 먹는 일이 좀더 쉬워진다면 그때에는 이전과는 다른 균형감각이 생겨날 것이다. 그녀는 '분명 그럴 것이다'라고 수첩에 적었다. 씨안은 바라는 것들을 수첩에 적어 내려갔다.

잠을 잘 자기.

음식을 잘 먹기.

누군가와 이야기를 하기.

507호 사람들. (글쎄? 무엇을?)

일을 지금처럼 열심히 하기.

호텔 주인은 오늘 아침 그녀에게 음식을 잘 먹어야 한다고 말했다. 그러고는 그녀의 어깨를 가볍게 두드렸다. 거울을 보아도 씨안은 이전보다 눈에 띄게 야위어 있었다. 누가 보아도 괜찮지 않아 보일 것이다. 하지만 그녀는 이토록 괜찮지 않은 상황을 있는 그대로 바라볼 것이라고 다짐했다. 이 괜찮지 않은 상황 안에 남아 있을 것이다. 그녀에게 남아 있는 힘 같은 것은 없었지만 이 힘이 없는 힘으로 견디어볼 생각이었다. 그러다 보면 어느 순간 또 다른 종류의 균형감각을 보게 될 것이다. 씨안은 그것을 기다려보겠다고 생각했다.

26

을과 민주는 점심을, 아니 늦은 아침을 먹고 집을 나섰다. 둘은 버스를 타고 도시의 끝에서 열리는 시장에 갔다. 그곳은 도시의 끝이었고 교외의 시작이었다. 둘은 복숭아와 양배추, 라임과 양파를 샀다. 감자와 치즈도 함께 샀다. 장을 본 후, 을과 민주는 시장에서 팔던 슈크림을 사서 길거리에 서서 먹었다. 무척 달았지만 따뜻하고 맛있었다. 을과 민주는 다시 버스를 타고 호텔로 돌아왔다. 지난주와 같고, 지지난주와도 같은 화요일이었다. 그들은 늦은 아침을 먹고 시장엘 가고 방으로 돌아왔다. 늘 같은 화요일의 일과였다. 수상한 밤을 지났지만 화요일은 다를 바 없이 화요일이었다. 민주는 문득, 어젯밤 을과 호텔을 떠나느냐 마느냐의 문제로 이야기를 해보아야 되겠다고 생각했던 것이 기억났다. 좀더 머물러도 되지 않을까 하는 생각이 잠시 들었다. 오늘은 정말이지 이전과는 다를 것 없는 화요일이었다. 적당히 나른하고 편안하고 그저 휴일이다. 이럴 수 있는 것인가. 아무리 마셔도 취하지 않았던 밤은 어디로 간 것일까. 그것은 불과 어젯밤이었다.

둘은 시장에 다녀와서 방으로 돌아와 청소를 하기 시작했다. 을은 다 마른 빨래를 개켰다. 민주는 청소기를 돌렸다. 책상을 닦고 필요 없는 종이들을 정리했다. 을은 머리를 질끈 묶더니 화장실 타일에 세제를 풀고 문지르기 시작했다.

도와줄까?

아니. 그냥 좀 하고 싶어서. 화장실 좁아서 괜찮아.

을은 힘을 주어 타일을 문지르고 있었다. 민주는 오전에 미뤄둔 설거지를 끝냈다. 싱크대에 세제를 풀어 스펀지로 닦았다. 싱크대는 거품으로 찼다. 그는 계속해서 싱크대를 닦았다. 물을 틀어 거품을 씻고 다시 거품을 풀어 스펀지로 문질렀다. 팔에 힘을 주어 싱크대를 문질러댔다. 다시 물을 틀었다. 물을 틀어놓은 채로 싱크대를 계속 문질렀다. 거품은 어느새 서서히 줄어 사라졌다. 민주는 마른 행주로 싱크대를 닦았다. 을은 샤워기를 틀어 타일의 거품을 씻어내고 있었다. 다음 주 화요일도 오늘 같을 것이고 그다음 주도 그렇겠지.

민주는 침대 머리맡에 있는 라디오를 켰다. 라디오에서는 레게가 흘러나왔다. 한 곡이 끝났는데도 노래는 쉬지 않고 이어졌다. 디제이는 자이온으로 가고 싶다고 노래했다. 화장실에서는 샤워기가 타일을 씻는 소리가 계속해서 났다. 민주는 이제 무엇을 해야 하나 하고 잠시 생각했다. 무얼 할까 하는 생각만으로도 시간은 잘 흐를 것이며 날은 어두워질 것이며 사람들은 곧 잠이 들

것이다. 을은 바지에 손을 닦으며 방으로 들어왔다. 을은 침대 위에 털썩하고 앉았다. 아무것도 하지 않아도 시간은 흐를 것이다. 잠깐 창밖을 바라보아도 날씨는 변하고 하루는 지고, 시간은 어딘가로 날아갈 것이다.

민주는 숲에서의 하루하루를 생각했다. 그는 수상한 기운을 불러들였고 그것을 방 안에 채웠고, 하고 싶지 않은 것들을 끊임없이 생각해냈고, 지독한 것들을 탐욕스럽게 불러냈다. 시간은 그와 무관하게 흘렀음에도 그랬다. 지금 그가 분명히 바라는 것이 있다면 그것은 스스로 무엇인가를 선택하고 싶다는 것이다. 그것이 탐욕스럽고 비뚤어진 것이고 누군가를 죽게 하는 것이며 끝까지 은밀해야만 하는 것이나 그가 결국 드러내는 것이라고 해도 좋았다. 문득 정신을 차려보니 평화롭고 올바른 것을 하고 있더라, 같은 것보다는 비뚤어지고 거짓되고 파괴적인 것을 선택하는 편이 낫다고 그는 생각했다. 그가 바라는 것은 그것이다. 사소한 것이든 대단한 것이든 그는 결정하고 싶고 선택하고 싶다. 떠날 것인가 말 것인가 손에 쥘 것인가 말 것인가. 손에 이미 쥔 것을 던질 것인가 말 것인가. 그는 무엇이 그 앞에 '보기'로 다가오는지 똑바로 보아야겠다고 생각했다. 그것이 힘들더라도 그러고 싶었다. 그리고 그는 이 호텔에 좀더 머무는 편이 좋겠다고 생각했다.

을은 서서히 침대에 누웠다.

저녁을 먹고 산책을 가야겠어.

민주는 을을 향해 가만히 말했다. 시간이 지나면 민주는 이곳을 떠나게 되거나 좀더 머무르게 될 것이다. 그후 을은 이곳에 계속 머물거나 아니면 다른 곳으로 떠날 것이다. 어느 쪽이든 을에게 쉽지 않을 것이다. 어느 쪽이든 민주에게 쉽지 않은 것처럼. 하지만 민주는 그것을 제대로 보고 싶었다. 제대로 볼 수 없는 것을 제대로 보려고 하는 것이다. 왜 그래야 하는 것인가. 왜 선택을 하려 하고 결정을 하려 하는 것인가. 그것이 가능하지 않은 영역에서 왜 가능하기를 바라는 것이지? 민주는 창가를 바라보았다. 시간은 여전히 본인 스스로 편안하게 느릿느릿 흘러갔다.

수많은 목소리들이 민주 안으로 쏟아져 내렸다. 너는 앞으로 지긋지긋하게 울어댈 거야. 눈물이 고여 앞을 바라볼 수 없을 것이다. 그리고 동시에 모든 것을 망쳐놓을 것이다. 그럼에도 고개를 들 것이지? 쳐다보려 할 것이지? 그는 어떤 것에도 대답할 수 없다. 목소리들은 여전히 쏟아져 내렸다. 지금 왜 그래야 되겠다고 생각하는 것인지, 생각을 넘어서 다짐을 하는 것인지 어느 것 하나 그를 납득시키지 못했다. 고개를 돌리니 오후는 어느새 깊어져 있었다(그의 생각처럼). 그리고 을은 잠을 잘 때 내는 숨소리를 내고 있었다. 민주는 라디오 소리를 줄였다. 을의 숨소리는 더욱 분명히 들렸다. 민주는 여전히 그가 왜 그것을 그토록 원하는

지 알 수 없다. 그는 라디오를 아예 껐다. 조용한 방 가득 을의 숨소리만이 가득했다. 그것은 졸린 소리였다. 민주는 작은 목소리로 왜 그러는 것이지 하고 물었고 을의 숨소리만이 그에 대답하고 있었다. 민주는 이불을 덮었다. 화요일 오후였다. 지난주와도 지지난주와도 다를 것 없는, 아마 다음 주와도 다르지 않을 화요일 오후. 하지만 언젠가는 사라질 화요일 오후였다.

27

일주일 동안 달라진 것은 아무것도 없었다. 씨안은 여전히 음식을 잘 넘기지 못했다. 잠들기란 여전히 어려운 일이었다. 일은 여전히 부지런히 하고 있으며 시간이 나는 대로 자주 걷고 있다. 그녀는 프래니에게 엽서를 부쳤다. 답장은 없었다. 프래니의 빨간머리는 이제 더 이상 빨간머리가 아니겠지. 그런 생각을 하면 씨안은 아직 오지도 않은 겨울의 한밤중에 있는 기분이었다. 기억 저편에 있는 온갖 쓸쓸함이 쓸쓸한 표정으로 돌아왔다.

씨안은 왜 프래니가 그 손님을 쏘았는지 이해할 수 있었다. 프래니에게 감화가 되었다는 것은 아니다. 그것은 감동도 감화도 아니고 그저 납득인 것이다. 마음으로 동감하는 것이 아니라, '그런 상황이라면 그럴 수밖에 없다'라고 납득하는 것이다. 그녀가 그 사건에 대해서 하고 싶은 말이 있다면 그것은, 프래니에게는 다른 방법이 없었다는 것이다. 씨안은 늘 혼자 지내는 편이었고, 그편을 더 좋아했다. 또한 좋아하는 누군가가 생겨도 마음을 다해 끝까지 좋아하지도 않았다. 어쩌면 좋아하지 못하는 것일지도 모르겠다. 씨안은 그런 사람이었으나 프래니는 그녀가 어떤 사람인지 알기도 전에, 스스로가 스스로를 볼 수 있기도 전에 주이와 함께했다. 게다가 프래니는 사람을 끝까지 마음을 다해 좋아하는 종류의 사람이었다. 씨안과는 달랐다. 그때 프래니는 프래니를 쏘거나 다른 사람을 쏠 수밖에 없었다. 프래니는 다른 사람을 쏘는 쪽을 택했고 그때 그것 말고는 다른 방법이 없었다. 단지 그뿐이다. 그것은 주이도 마찬가지였다. 주이는 프래니를 사랑했다. 다만 주이는 프래니가 주이를 좋아하는 방법으로 프래니를 좋아하지는 않았다. 그 차이이다. 주이는 결국은 서로가 떨어져야 한다는 것을 알았다. 주이는 혼자 서고 싶었다. 아니, 그보다는 프래니에게서 벗어나고 싶었을 것이다. 주이는 비겁했지만 씨안은 그 역시도 납득할 수 있었다. 다만 씨안은 엽서에서도 썼듯이, 프래니가 건강했으면 좋겠다고 생각했다. 그뿐이었다. 그녀 역시 주이를 다시 보고 싶지는 않지만, 프래니는 다시 보고 싶었다. 그것이 다였다.

씨안은 점점 옥상에서 보내는 시간이 늘었다. 방에는 잠을 잘 때나 짐을 챙길 때만 들어갔다. 프래니와 주이가 만들어냈던 다정한 기운들은 이제 침침하고 음산한 것으로 바뀌어 씨안의 잠을 괴롭히고 있었다. 씨안은 그래서 창문을 자주 열어두었다. 언젠가 오랜 시간이 흐른다면, 그 기운들도 어딘가로 떠나겠지. 그게 아니라도 그녀를 덜 괴롭히게 될 것이다. 씨안은 그 시간을 기다릴 수 있을 것이다. 씨안은 엽서와 수첩, 펜을 가방에 챙겼다. 호텔 앞 식료품점에서 맥주 한 병과 푸른 사과를 샀다. 옥상으로 올라가 맥주를 천천히 마셨다. 사과는 드물게 신 것이었다. 그녀는 한

입을 베어 물고 천천히 씹었다. 씨안은 프래니가 그녀의 엽서를 좋아했을지 그 반대였을지 아직은 알 수 없었다. 하지만 좋아하기를 바라며, 또 가능하다면 어떤 식으로든 도움이 되기를 바랐다. 씨안은 옥상에 있는 낮은 굴뚝에 기대어 프래니에게 새로운 엽서를 썼다.

프래니, 안녕.

씨안이야. 그곳에서 담배를 못 피우고 지낼 너를 생각하니 마음이 좋지 않다.

알고 있는지 모르겠는데 사실 내 이름은 산초아야. 그 이름은 아무래도 길어서 나는 그냥 씨안이라고 나를 소개해왔어.

산초아는 내가 살던 나라의 말로 담배를 뜻해. 우리 엄마는 너 못지않은 스모커였거든.

나는 여전히 옥상에 올라가서 시간을 보내고는 해. 지금 이 엽서도 옥상에서 쓰는 거야.

사과는 너무나 시구나.

나는 내가 씨안이건 산초아건 담배건 술이건 아무래도 상관없다고 느껴. 이렇게 옥상에 앉아 햇볕을 쬐고 있으면 말이야.

그러니 너도 니가 누구인가 하는 것에 너무 신경 쓰지 마. 그리고 부디 건강하기를.

— 씨안, 담배이며 술이며 사과이며 햇볕이며 옥상인

이번 엽서는 지난번보다 길어졌나 보다. 씨안은 마지막에 이름을 쓸 칸이 없어서 아주 작게 써야만 했다. 씨안은 문득, 프래니가 쏘았던 삼층의 그 손님이 떠올랐다. 씨안 역시 그 손님을 본 적이 있다. 그녀는 씨안이 하우스키핑을 하러 들어갈 때마다 늘 화장 중이었다. 나이는 삼십대 후반으로 보였다. 그녀는 세 명이 쓰는 방을 혼자서 썼다. 그것은 돈을 네 배 더 내면 가능한 일이었다. 왜 세 배가 아니라 네 배냐면 그것은 호텔 주인에게는 되도록 하고 싶지 않은 선택이기 때문이었다. 물론 세 명이 쓰는 방을 한 명이서 쓰니 관리 자체는 쉽다. 하지만 이곳은 단기 여행자들이 자주 오는 싼 호텔이고 호텔의 영업은 많은 부분 여행자들의 입소문에 의존했다. 돈을 더 내고 방을 혼자 쓰는 것은 여행자들을 대상으로 하는 싼 호텔과는 어울리지 않았다. 어쨌거나 그녀를 떠올리면, 씨안은 장미 향과 벌꿀 향이 생각났다. 그녀의 방 안에 들어갈 때마다 화장품과 향수 냄새가 강하게 씨안의 코를 찔렀다. 그녀의 침대 위에는 옷걸이에 걸린 정장 세트가 여러 벌 쌓여 있었다. 그녀는 씨안이 방에 들어가면 화장을 하다 고개를 돌리며 생긋 웃었다. 씨안은 그때마다, 나도 저렇게 화장을 잘하면 좋겠다고 바라고는 했다. 그녀는 화장도 잘했고 옷도 잘 입었고 미소도 사랑스러웠다.

'안타까운 일이야. 프래니.' 씨안은 손에 쥐고 있던 엽서에 힘을 주었다. '안타까운 일이야. 프래니.' 그것은 씨안이 프래니의 행동을 납득하는 것과는 다른 문제였다. 씨안은 프래니를 이해했지만 옹호할 수는 없었다. 그 두 가지는 다른 문제이다. 프래니가 어쩔 수 없었다는 것은 알지만 그것은 어쨌거나 큰 실수이며 잘못이었다. 사람이 죽었고 그것을 옹호해줄 수는 없었다. 다시는 생각하고 싶지 않은 일이었다. '프래니. 안타까운 일이야. 알고 있니?' 아, 그런데 주이와 그 손님은 정말 어떤 일이 있기는 했을까? 씨안은 경찰서에 가서 조사를 받는 내내 그들은 프래니의 생각과는 달리 아무 사이도 아니었을 것이라는 생각이 머리에서 떠나지 않았다. 그냥 이야기가 약간 잘 통하는 손님과 직원 정도였을 수도 있었다. 다만 주이는 프래니로부터 벗어나고 싶었고 그 때문에 정말 어떤 사이인 것처럼 굴었을지도 몰랐다. 정말 어떤 일이 일어났는지는 알 수 없었다. 맥주를 한 모금 더 마셨다. 씨안은 맥주를 계속해서 넘겼다. 사과를 한 입 더 베어 물었지만 여전히 너무 시었다.

씨안은 불꽃이 쉴 없이 터지던 어느 날 밤을 떠올렸다. 춤을 추던 그녀와 까만 밤과 끊임없이 터지던 색색깔의 불꽃들. 그에 맞춰 빠르게 뛰던 씨안의 심장과 비틀거리던 발걸음. 아. 그때도 맥주를 마시고 있었구나. 그리고 마음속 깊이 다짐을 했지. 보라색 구름을 믿어요. 오늘을 믿어요. 그 모든 것을 깊이 믿고 존중하고 있어요. 그날 밤은 모든 것이 아름다웠다. 정말로 말이다. 씨안은 그날 밤이 아주 멀게만 느껴졌다. 아주 오래전의 일처럼 말이다. 아름다운 밤이라든가, 다정한 기운이라든가, 친절한 마음 같은 것은 언제고 사라졌다. 그러므로 그 순간, 그런 정다운 것들을 알아챌 수 있는 순간 그 모든 것들을 마음속 깊이 존중해야 한다. 가슴속 깊이 믿고, 마음 깊이 존중하는 것이다. 그런 것들은 언제고 사라졌다. 아니면 침침하고 음습하고 파괴적인 기운으로 바뀌고야 말았다. 그러니 그런 순간이 찾아온다면. 그렇다. 찾아오면 말이다. 씨안은 엽서를 쥐었던 손에 힘을 풀었다. 이제 다시 손에 힘을 주어 무언가를 바라는 일은 생기지 않을 것이다. 씨안은 불꽃이 터지던 밤을 떠올렸고 그와 동시에 아무것도 바라게 되지 않을 길고 긴 시간을 예감했다.

28

일주일은 그런 식으로 갔다. 민주와 을은 호텔을 옮길 것인가 말 것인가 하는 문제를 어느샌가 잊었다. 사실 잊었다라기보다는 둘 다 암묵적으로 계속 살자는 결정을 내렸다고 하는 편이 맞다. 둘 의 생활은 다시 이전으로 돌아왔다. 민주는 청소를 하고 요리를 했고 을은 수업을 하러 갔다. 민주는 가끔 동네 극장에 갔고, 을은 돌아와 수업 준비를 했다. 민주는 다시 에너지50의 상태를 느꼈 다. 어떤 평균적인 느낌 말이다. 민주와 을은 다시 산책을 하기 시 작했다. 을은 다시 외국어 서적을 사기 시작했다.

그리고 다시 화요일이 돌아왔다. 일요일이 지나면 월요일이 오듯 한 주가 지나고 다시 화요일이 왔다.

을은 평소보다 일찍 일어나 샤워를 했다. 민주는 을이 샤워를 하는 소리에 잠이 깼다. 그는 물을 마셨고 오늘은 무얼 해먹나 하 는 생각을 잠시 했다. 민주는 냉장고 안을 살피다 남은 참치와 게 살을 꺼내 큰 그릇에 담았다. 마요네즈, 다진 양파, 잘게 썬 상추 등을 넣고 함께 섞었다. 프라이팬에 기름을 약간 둘렀다. 토스터 가 없으니 빵을 구울 때마다 늘 프라이팬을 써야 했다. 그는 식빵을 사선 방향으로 자른 후 삼각형 모양의 빵들을 프라이팬에 올렸다. 불을 더 약하게 조절했다. 을은 샤워를 마치고 나와 젖은 수건을 빨래 바구니에 넣었다. 을은 주전자에 차 마실 물을 올렸다. 물은 금세 끓었다. 냉장고에서 레몬을 꺼내왔다. 을은 레몬을 씻은 후 네 등분했다. 네 등분한 레몬들을 꿀이 얼마 남지 않은 꿀병에 쏟아 넣었다. 그리고 설탕을 부어 넣었다. 그래도 병이 다 차지 않자 을은 레몬을 더 꺼내와 씻어서 썰어 넣었다. 그리고 다시 설탕을 부어서 병을 닫았다. 민주는 구운 식빵을 바구니에 담았다. 그리고 다시 빵을 썰기 시작했다. 을은 냉장고에서 한참 동안 무언가를 찾고 있었다. 민주는 썬 빵을 다시 프라이팬에 올렸다. 을은 여전히 냉장고를 뒤적거리고 있었다. 그러다가 뭔가를 꺼내와 씻기 시작했다. 생강이었다. 을은 씻은 생강을 조심스럽게 썰어나갔다. 을은 천천히 생강을 썰었다. 아주 얇게 말이다. 그러고는 냄비를 가스레인지에 올렸다. 을은 생강을 볶아나갔다. 한참 동안 생강을 볶던 을은 냄비에 물을 부었다. 방 안 가득 생강 냄새가 찼다. 민주는 바구니에 빵을 담아서 참치샐러드가 든 그릇과 함께 방으로 가지고 왔다. 을은 불을 약간 줄이더니 냄비를 그대로 두고 방으로 왔다. 둘은 참치샐러드를 구운 빵에 발라서 먹었다. 을은 샌드위치를 먹다가 부엌으로 가 냄비를 확인했다. 간간히 물을 더 부어주기도 하면서 말이다.

뭐 하는 거야?

응. 생강을 조리는 거야. 그다음에 시원하게 해서 레몬이랑 섞어 마시려고.

아. 생강 레모네이드?

어. 뭐 그렇지. 이거 맛있어.

빵을 많이 구웠는데도 샌드위치의 맛이 심심해서 그런지 둘은 질리지도 않고 끊임없이 먹어댔다. 을이 세번째로 냄비에 물을 부으러 갔을 때였나. 하우스키핑, 하우스키핑 하는 소리가 들렸고 이어서 노크 소리와 열쇠가 철렁이는 소리가 들렸다. 단발머리 여자는 예전처럼 스펀지와 청소도구를 들고 방으로 들어왔다. 을은 숟가락을 입에 물고 방으로 돌아와 빵에 샐러드를 발랐다. 단발머리 여자는 세면대를 청소했고 쓰레기들도 비웠다. 을은 갑자기 벌떡 일어나더니 단발머리 여자의 어깨를 툭툭 하고 두드렸다. 단발머리 여자는 뒤를 돌아보았고 을은 샌드위치를 내밀었다.

혹시…….

네?

혹시, 생강으로 만든 것인가요?

아니에요.

아…… 고마워요.

181

단발머리 여자는 장갑을 벗고 손을 바지에 닦더니 그 자리에서 샌드위치를 먹기 시작했다. 민주와 을은 각자의 침대에 앉아 샌드위치를 먹었다. 단발머리 여자는 세면대 앞에 서서 샌드위치를 먹었다. 을은 여자가 샌드위치를 다 먹어가자 샌드위치 하나를 더 내밀었다. 여자는 소리 없이 천천히 두번째 샌드위치를 먹어나갔다. 그들은 아무 말 없이 샌드위치를 묵묵히 먹어나갔다. 마치 그들에게 주어진 과제를 해나가듯이 말이다. 그러다 을은 다시 벌떡 일어나 냄비를 살피러 갔다. 여자는 두번째 샌드위치를 다 먹자 고개를 들어 다시 장갑을 꼈다.

고맙습니다.
아닙니다.

여자는 민주에게 고맙다고 말을 한 후 청소도구들을 챙겨 나갈 준비를 했다. 여자는 나가면서 을을 보고 생긋 웃었다. 민주와 을은 다시 묵묵히 샌드위치를 먹어나가기 시작했다. 민주는 라디오를 켤까 차를 마실까 책을 볼까를 잠시 고민하다가 다시 샌드위치를 먹기 시작했다. 문득, 이제 곧 비가 오겠구나 하는 예감이 들었다. 그러면 무얼 해야 하나를 다시 고민했다. 민주는 아무래도 달라질 것이 없다고 생각했다. 그는 라디오를 한참 동안 만지작거렸으나 결국 켜지는 않았다. 대신 다시 빵을 집어 들었다. 이렇게 먹다가는 배가 불러 한참 동안 아무것도 못할 것이라고 생각했다. 그러면서도 계속 빵을 씹어 먹었다. 을은 창가에 서서 빵을 씹어 먹고 있었다. 냄비 속에서 생강은 계속 끓고 있었다. 그 냄새는 나쁘지 않았다. 오히려 좋은 편이었다. 잠시 후 민주와 을은 결국 빵을 다 먹었다. 그때까지도 냄비는 계속 끓고 있었고 비는 갑자기 투둑 하며 내리기 시작했다. 민주는 청소를 해야 하고 빨래를 해야 하고 시장에도 가야 하는데 하고 생각만 했다. 을은 침대에 드러누웠다. 그는 침대 머리맡에 등을 기댔다. 둘은 한참 동안 아무것도 하지 않고 그렇게 널브러져 있었다. 을이 냄비를 살피는 것 말고는 말이다. 민주는 잠시 동안 단발머리 여자를 떠올렸다. 그러다 눈을 감고 침대에 기댔고 그러다 다시 단발머리 여자를 떠올렸다. 을은 그렇게 드러누워 있었으면서도 냄비를 살피러 일어서는 데는 주저함이 없었다.

얼마나 지났을까. 을은 생강을 우린 물을 병에 따랐다. 그리고 생강을 버리고 냄비를 씻었다. 방으로 돌아와 을은 다시 드러누웠다. 이제 아무것도 하지 않아도 된다. 을이 냄비를 보러 가지 않아도 되었다. 둘은 비가 내리는 소리를 들었다. 비 냄새도 맡았다. 이렇게 누워 있으면 잠이 들어버릴 것 같았다. 비 내리는 소리는 잠들기에 너무도 적당했다.

그때였다. 노크 소리가 방 안을 울렸다. 을은 문을 열었다. 문 밖에는 단발머리 여자가 있었다. 단발머리 여자는 한 손에는 보드카를, 한 손에는 크렌베리 주스를 들고 서 있었다. 그녀는 천천히 방 안으로 들어와 자연스럽게 바닥에 앉았다. 을은 찬장에 있는 잔을 꺼내 씻어왔다. 민주는 라디오를 틀었다. 라디오에서는 몇 주 전처럼 보사노바가 흘러나왔다. 아마 이 시간에는 멘트 없이 음악만 나오나 보다. 그들은 샌드위치를 먹었을 때처럼 묵묵하게 아무 말 없이 크렌베리 보드카를 마셨다. 빗소리는 음악과 섞여 새로운 소리를 만들어내고 있었다. 라디오에서는 계속해서 보사노바가 흘러나왔다. 단발머리 여자, 을, 민주, 샌드위치, 생강, 크렌베리 보드카, 라디오, 보사노바, 빗소리, 비, 화요일, 또 무엇이 있을까. 이 방 안을, 그리고 지금을 구성하는 모든 것들의 에너지를 민주와 을과 단발머리 여자는 사이좋게 똑같은 정도로 나눠 가졌다. 그리고 서로에게 무엇인가를 주고 또 가져오기도 했는데 그것은 늘 언제나 같은 양이었다. 그들은 크렌베리 주스가 다 떨어질 때까지 끊임없이 마셔댔다. 주스가 다 떨어지자 남은 보드카를 아이스티와 섞어 마셨다. 그렇게 그들은 보드카까지 다 마셨다. 그리고 다들 어딘가에 널브러졌다. 비가 내렸고 라디오에서는 끊임없이 보사노바가 흘러나왔다. 그런 화요일이었다.

민주가 잠에서 깼을 때 을은 방에 없었다. 단발머리 여자는 을의 침대 바닥 옆에서 잠을 자고 있었다. 민주는 무얼 할까 잠시 고민했다. 비는 여전히 내리고 있었고 음악은 희미하게 들려오고 있었다. 그리고 그는 다시 눈을 감았다.

그날 이후로 민주는 다시는 숲에 가는 꿈을 꾸지 않았다. 그날이 마지막이었다. 하지만 달리 말하자면 그날 그는 숲에 가는 꿈을 또 꾸었다. 비가 내렸고 음악이 들렸고 민주는 다시 잠이 들었고 꿈속에서 그는 또 숲에 갔다. 윤과 바원은 여전히 다정했고 그는 여전히 그들을 좋아했다.

그러던 어느 날이었다. 민주와 윤, 바원은 나무를 따라 걸었다. 그곳은 나무가 빽빽하게 들어차 있는 깊은 숲 속이었다. 길은 없었고 그들은 길을 만들며 걸음을 옮겨나갔다. 죽은 나뭇가지들이 밟히는 소리가 연속적으로 들렸다. 이제 곧 긴 겨울이 찾아올 것이었다. 깊은 숲 속에는 죽은 나무들이 더 많았다. 민주는 아직도 그때 그들이 왜 그렇게 숲 속으로 점점 더 깊이 들어갔는지 알수 없다. 숲은 깊어졌고 어느새 어둠도 깊어졌고 그들은 아무런 소리도 내지 않았다. 밤은 이상하다. 정말이지 밤은 이상하다. 민주는 숲을 따라 걸으며 세 사람이 주고받는 이 긴장을 끊어버리고 싶다고 다시 한 번 생각했다. 이것은 몹시도 불공평한 것이라고 생각했던 것이다. 그들은 여전히 쉬지 않고 깊은 숲 속으로 들어갔다. 점점 더 깊어지는, 그리하여 늪처럼 여기가 어디인지 알 수 없고 결국에는 발걸음을 돌릴 수조차 없어지는 그런 깊은 숲 속으로 들어갔다. 그러다 그들은 골짜기를 맞이했고 바원이 먼저 골짜기를 따라 걸음을 옮겼다. 민주와 윤은 천천히 바원을 따랐다. 바원은 골짜기를 따라 넘었고 그리고 곧이어 짧은 비명 소리가 들렸다. 민주와 윤은 굳은 듯이 골짜기의 입구에 멈춰 섰다. 바원이 굴러떨어지는 소리가 생생하게 숲을 울렸다. 그리고 머리가 바위에 깨지는 소리, 이어서 돌들이 떨어지는 소리가 함께 들렸다. 둘은 굳어 있었다. 아무 소리도 낼 수 없었다. 그러다 윤은 짐승처럼 소리를 지르기 시작했다. 그리고 짐승처럼 골짜기를 오르기 시작했으나 민주는 무척이나 차분하게 윤을 말렸다. 이미 어둠이 깊었어. 지금은 너무 캄캄해. 우리는 아무것도 할 수 없어. 민주는 윤을 붙잡고 놓아주질 않았다. 윤은 짐승처럼 계속해서 울었다. 윤의 울음은 숲을 울렸다. 윤은 팔로 바위를 치고 자신의 무릎을 치고 민주를 쳤다. 민주는 팔에 힘을 주고 윤을 단단히 붙잡았으나 몇 번이나 놓칠 뻔했다. 민주는 윤을 질질 끌면서 되돌아왔다. 둘은 끊임없이 나뭇가지에 긁혔다. 윤의 울음소리는 숲을 울렸다. 민주는 여전히 윤을 붙잡고 끌면서 숲을 내려왔다. 집으로 돌아와서도 그는 윤을 있는 힘껏 붙잡고 있어야 했다. 그는 윤을 있는 힘껏 붙잡아 어디로도 가지 못하게 했다. 집 안에서도 윤은 밤새 소리를 지르며 울었다.

그렇게 그 밤이 갔고 날이 밝자 민주와 윤은 마을로 내려갔다. 마을 사람들은 바원의 이름을 듣자 모두들 따라나섰다. 그리고 실제로도 모두들 깊고 위험한 숲으로 향했다. 사람들은 바원을 좋아했고, 진심으로 안타까워하며 바원을 찾기 시작했다. 하지만 날이 다시 어두워질 때까지 그들은 바원을 찾지 못했다. 바원이 떨어진 골짜기조차 찾지 못했다. 그들은 끈기 있게 계속 바원의 이름을 불렀다. 하지만 어둠은 점점 사람들을 집어삼켰다. 달이 떠오르자 사람들은 마을로 돌아갔다. 그리고 날이 밝으면 다시 사람들을 모아 바원을 찾기 위해 숲으로 향했다. 바원의 이름을 부르고 또 불렀다. 하지만 바원의 흔적은 찾을 수 없었다. 그 며칠간 민주는 윤과 둘이서 지냈다. 집 안에는 그들 둘뿐이었다. 둘은 차마 바원이 머물던 방으로 들어갈 수가 없었다. 둘은 민주가 머물던 왼쪽 방에서 함께 지냈다. 밤마다 그가 키워내던 수상한 기운들은 어디로 갔는지 이제는 더 이상 보이지 않았다. 방은 차갑고 추웠다. 민주와 윤은 아무 말 없이 멍하게 앉아 있기만 했다. 어떠한 대화도, 어떠한 동작도, 어떠한 몸짓도 없는 완고한 침묵이었다. 그리고 며칠 후 눈이 내리기 시작했다. 마을 사람들은 바원을 찾는 것을 포기해야만 했다. 말이 없던 윤은 점점 더 말이 없어졌다. 어느 날 윤은 말없이 마을로 내려갔다. 마을 사람들은 윤에게 방을 내어주었고 윤은 다시는 숲으로 올라가지 않았다. 민주는 짐을 챙겨 숲을 나왔다. 민주는 숲을 떠나오며 윤을 만나지 않았다. 그는 윤을 찾지 않았다. 민주는 아무 말 없이 숲을 내려왔다. 그것이 마지막이었다.

그가 잠에서 깨자 단발머리 여자도, 을도 어디론가 가고 없었다. 비는 계속해서 내리고 있었다. 민주는 일어나 라디오를 껐다. 빗소리만이 방을 채웠다. 그것이 마지막이었다. 그는 그 이후로 숲에 가는 꿈을 꾸지 않았다.

29

을과 민주와 씨안은 매주 화요일이면 같이 시간을 보냈다. 화요일
이 아니더라도 시간이 맞으면 늘 함께했다. 그들은 밤의 공원을
함께 걸었다. 그들은 국수를 함께 삶았고, 머리를 맞대고 스미스
를 들었다.

　장마가 시작되었다. 호텔은 더욱 한산해졌다. 장마철에 여행
을 하는 사람들은 드물었다. 장기 투숙객들은 지난번 사건 이후로
많이 준 데다 다들 휴가를 떠났기 때문에 호텔에서 사람들의 목
소리를 듣기는 어려웠다. 씨안은 좀더 시간을 낼 수 있게 되었다.
그들은 차를 마시고, 이야기를 나누고 빗소리를 함께 들었다. 씨
안은 다른 사람들의 말을 잘 들어주는 사람이었고 게다가 을 못
지않게 말이 없었다. 을과 민주는 말이 별로 없는 사람들이었으
나 씨안과의 대화는 즐거웠다. 돌이켜보면 사실 많은 이야기를 나
누었던 것은 아니었다. 오히려 빗소리와, 차, 식사, 그리고 라디오
에서 흐르는 음악 같은 것을 말없이 나누었다. 라디오에서 음악
이 흐르고 그것이 빗소리를 통과하며 증폭되었고 증폭된 기운이
각자의 피부로 다가갔다. 그런 방식으로 그들은 함께했다. 빗소리
를, 차 마시는 시간을, 그리고 그것들이 뒤섞여 생기는 어떤 긴장

감을.

을은 처음 씨안을 만났을 때를 떠올렸다. 을은 을의 침대에, 민주는 민주의 침대에, 그리고 씨안은 세면대 앞에 있었다. 그것은 아름다운 삼각형이었다. 장마철의 호텔은 습기를 가득 머금고 있었다. 복도에 깔린 카펫은 이전처럼 뻣뻣하게 말라 있지 않았다. 빨래를 조금이라도 미루면 방 안에서는 기분 나쁜 냄새가 났다. 음식은 금방 상했고 냉장고는 이전보다 자주 닦아주어야 했다. 그럼에도 을은 장마철이 좋았다. 빗소리는 모든 것을 선명하게 했다. 나무의 녹색과, 흙냄새와, 차의 맛은 이전보다 선명하고 분명했다. 게다가 장마철에는 빗소리를 하루 종일 들을 수 있었다. 그보다 좋은 것은 없었다. 셋은 그 모든 것을 함께했다. 그들은 어떤 것을 추억하지도 기억하지도 불러내지도 않았다. 다만 그 순간 속에 있었다. 그들은 무엇이 벌어졌는지 어떤 것을 함께하고 있는지 그리고 앞으로는 어떤 시간을 보내게 될지 아무것도 아는 것이 없었다. 그런 식의 생각은 조금도 하지 않은 채 그저 방 안에서 빗소리만을 들었다. 그런 시간이었다. 그러므로 을이 그 순간을 다시 불러내는 일은 없을 것이다. 아무것도 불러내지 않던 순간을 불러내지 않겠다는 것이다. 결국은 이것이 마지막이다. 결국은 그것이 마지막이었다.

30

씨안은 어떤 의식처럼 프래니에게 매일같이 엽서를 보냈다. 프래니는 한 달에 두어 번 답장을 보내주었다. 자신이 프래니에게 어떤 이야기를 하고 싶었던 것인지 씨안은 이제 기억할 수 없다. 프래니에게 무슨 말을 했었는지 프래니를 어떻게든 돕고 싶었던 것인지 그도 아니면 누군가 자신의 말을 들어줄 사람이 필요했던 것인지 이제는 정말 알 수 없다. 프래니의 답장은 간단했다. 나는 잘 지내고 있어. 며칠 전부터 운동을 시작했지. 너도 잘 지내렴.

씨안은 일을 하지 않는 시간들은 대개 507호에서 보냈다. 매일같이 극장에 가던 습관은 이제 아주 먼 일같이 느껴졌다. 씨안이 극장에 가던 시간들은 프래니가 그 손님을 쏜 후 사라졌다. 죽어버렸다. 씨안은 그녀 안의 어떤 평범하고 일상적인 사람이 그때 함께 죽었음을 아주 오랜 시간이 지나고 나서야 알아챌 수 있었다. 한번 죽은 사람은 다시 살아나지 않는다. 화장을 잘하고 장미 향수를 쓰던 삼층의 손님은 외국인 묘지에서 쓸쓸히 썩어갈 것이다.

그 모든 것은 당연한 일이었다. 씨안은 507호에서 차를 마시고 국수를 먹고 음악을 들었다. 씨안과 507호 사람들은 모두 언젠가는 떠날 사람들이었다. 하지만 씨안은 그런 식의 걱정, 안타까움, 슬픔 같은 것을 느끼지 못했다. 모든 것은 단지 어떤 움직임일 뿐이었다. 습관일 뿐이었다. 씨안은 집착적으로 프래니에게 엽서를 보냈고 온 힘을 다해 청소를 했고 비가 와서 할 일이 없으면 시도 때도 없이 507호에 갔다. 그런 식의 움직임만이 다였다. 그녀 안에서 움직이던 마음이라고 이름 붙일 만한 것들은 모두 이사를 갔고 씨안은 새집을 알지 못한다. 씨안에게는 움직임만이 남았고 그러므로 너무나도 괜찮았다. 씨안은 그런 식으로 '괜찮지 않음'을 견디고 있었고 결국 그녀는 괜찮아졌다. 호텔 주인은 하루에도 몇 번씩 씨안에게 일을 그만두라고 말을 해야 하나 말아야 하나를 고민했다. 그녀는 괜찮음으로 괜찮지 않음을 견뎠으나 시간이 지나자 결국에는 둘 사이를 구분하는 것이 무의미해졌다.

어쨌거나 장마가 끝나고 무더위가 시작되려고 할 즈음 씨안은 호텔을 떠났다. 씨안은 많은 것들을 쓰레기통에 던져 넣었다. 처음 이곳에 왔던 것처럼 짐을 가볍게 하고 싶어졌던 것이다. 그녀는 프래니의 책상 밑에 놓아두었던 프래니와 주이의 짐을 옥상으로 가져가 태웠다. 그들의 침대 시트처럼 말이다. 씨안은 짐까지 다 챙긴 후 마지막으로 방을 정리했다. 그녀는 청소기로 바닥을 돌리고 수건을 잘라 만든 걸레로 방 안을 꼼꼼히 닦았다. 그러다 사진 한 장을 발견했다. 주이의 침대 밑에서였다. 사진은 주이와 처음 본 어떤 여자가 함께 얼굴을 맞대고 찍은 것이었다. 그 여자는 프래니도, 프래니가 쏜 그 손님도 아니었다. 주이와 함께 있던 그녀는 아름답지는 않았지만 귀엽고 애교 많은 인상의 어린 여자아이였다. 그 순간 씨안은 그 사진이 무척 갖고 싶어졌다. 그녀는 사진을 노트 사이에 끼워 가방에 넣었다. 왜 그랬을까. 글쎄. 그 사진 속에는 프래니도 없고 씨안도 없고, 그렇다고 그들이 아름다웠던 것도 아니었는데 말이다. 그녀는 그 사진을 챙겼다. 그리고 아무것도 남길 것이 없다는 듯이 뒤도 한 번 돌아보지 않고 그 호텔을 나왔다. 그리고 그 도시를 떠났다. 그것이 마지막이었다.

31

공항으로 가는 택시 안에서 씨안은 그 사진을 계속 바라보았다. 주이의 갈색머리는 어린 여자애의 볼 아래로 흘러내렸다. 주이는 어린 여자애의 까만 긴 생머리를 쓰다듬고 있었다. 문득 507호에 들르지 않고 호텔을 떠난 것이 기억이 났다. 하지만 충분한 시간이 있었더라도 씨안은 그곳에 들르지 않았을 것이다. 왜인지는 알수 없었다. 씨안은 문득 민주의 뒤를 밟았던 몇 주 전의 그날이 떠올랐다. 그때 그를 쫓던 긴장감과 떨림은 프래니가 삼층의 손님을 쏜 이후 낯섦으로 바뀌었다. 다정한 눈으로 쫓던 그의 뒷모습은 점점 더 낯설어졌다. 을과 씨안은 주로 침대 쪽에 앉아 있었고 민주는 주로 책상에 앉아 있었다. 507호에서 주로 시간을 보낼 때에도 씨안이 늘 볼 수 있었던 것은 그의 뒷모습이었다. 이제 그녀는 민주가 편한 대화 상대라고 느꼈고, 어쩌면 친구 같은 것이라고도 느꼈다. 하지만 염려스러운 마음으로, 친절한 눈길로 쫓던 그의 뒷모습은 이제 없어졌다. 씨안의 눈길이 바뀐 것인지 그의 뒷모습이 바뀐 것인지 아니면 둘 다인지 씨안은 더 이상 궁금하지 않다. 씨안에게 그의 뒷모습은 처음 보는 남자의 등이었고, 또한 매일 버스 안에서 보는 남자의 등이었다. 그것은 507호 남자의 등이 아니었다. 더 이상은.

하루에도 몇 번씩 507호에 갔지만 그녀는 매번 그 생각을 했다. 늘 궁금했고 항상 안타까웠다. 507호의 남자는 이제 민주가 되었다. 그런데 왜 그렇게 된 것일까. 민주는 조금도 알아채지 못할 이야기들이 많았는데 이제는 그 이야기들을 상상하던 사람이 사라졌어. 씨안은 이제는 더 이상 507호 남자의 등을 쓸어보고 싶지 않고 이제는 더 이상 어젯밤 불꽃놀이를 보았느냐고 물어보고 싶지가 않았다. 씨안에게 을은 이제 더 이상 베트남 레스토랑 화장실에서 보던 것처럼 아름답지 않다. 그녀의 가는 몸은 여전히 섬세해 보이고 그녀의 가늘게 뜬 눈이나 지적이고 단단해 보이는 어깨 같은 것은 그대로인데. 씨안은 어떤 것도 바라지 않는 자신을 다시 한 번 느꼈다.

택시 창가에 보이는 익숙한 풍경들은 빠르게 그녀 앞으로 사라졌다. 그보다 빠르고 무심하게 그녀도 사라졌다. 많은 것들을 그대로 둔 채 그녀 혼자만이 사라져갔다.

프래니에게 엽서를 보내는 일은 이제 더 이상 없을 것이다. 씨안은 집착적으로 프래니에게 엽서를 보냈었다. 하루에 세 통씩 편지를 쓰고 그것을 부치기도 했다. 프래니, 프래니, 프래니. 씨안의 움직임은 프래니에게 향해 있었다. 프래니와 씨안은 그저 룸메이트였고 시간이 지나며 차츰차츰 친한 친구가 되었다. 허나 프래니가 감옥에 간 후 씨안이 프래니에게 준 것은 단지 끝없는 기대 같은 것뿐이었다. 프래니의 편이며 프래니를 생각하며 프래니를 걱정한다는 기대 같은 것 말이다. 하지만 그 기대의 대부분은 씨안의 하루를 위함이었다. 괜찮지 않음을 견디기 위한 지난한 전투를 위함이었다. 씨안은 그것을 알았다. 물론 그것이 다는 아니었다. 씨안은 프래니를 걱정했고 사랑했고 안타까워했다. 하지만 그 모든 것을 느끼는 씨안은 더 이상 괜찮지 않았고 그 괜찮지 않음을 만든 것은 프래니였다. 모든 이야기들은 꼬리를 물고 있었다. 그리고 씨안은 프래니에게 마지막 엽서를 보내지 않았다. 프래니는 영영 씨안의 소식을 듣지 못할 것이다. 프래니는 씨안을 기다리다가 걱정하다가 미워하다가 나중에는 죽었을지도 모른다고 생각할 것이다.

씨안은 택시의 창을 가볍게 두드렸다. 알고 있니 프래니, 네가 쏜 것은 그 손님만이 아니었어. 씨안은 여전히 프래니를 좋아했지만 프래니를 편한 마음으로 좋아하던 사람이 이제는 사라지고 없음을 느꼈다. 이제 프래니에게 엽서를 보내던 그녀도 서서히 사라져갈 것이다. 어느 순간 다른 모습으로 되살아날지도 모르겠다. 하지만 씨안은 그것이 어떤 모습일지 궁금하지가 않았다. 택시가 멈추고 공항에 도착하게 되면, 씨안은 어떠한 것도 남기지 않고 이 도시를 떠나게 될 것이다. 지금까지 그랬던 것처럼 말이다.

32

씨안은 어느 날 갑자기 떠났다. 을과 민주는 씨안이 있든 없든 비
구경을 하고 차를 마시고 국수 같은 것을 삶아 먹었다. 그들은 다
시 507호의 사람들이 되어 방 안에서 시간을 보냈다. 날은 점점
더워졌고 그들은 바깥출입을 삼가게 되었다. 민주는 가을이 되면
한국으로 돌아가겠다고 했다. 을은 마지막 남은 몇 모금의 차를
넘기며 나는 좀더 이곳에 있으려고,라고 말했다. 그들은 각자의
침대에 앉아 있었다. 씨안은 늘 그 사이에 앉아 있었는데 지금은
어디 있는지 알 수가 없다. 을은 잠시 씨안의 목소리를 떠올렸다.
씨안이라는 이름을, 씨안이 방에 들어서는 모습을 그리자마자 그
녀의 목소리는 금방 을에게로 찾아왔다. 여전히 생생하구나 하고
을은 생각했다.

가을이 되고 민주는 방을 떠났다. 민주는 을에게 이야기했던
것과 달리 한국으로 돌아가지 않았다. 을은 몇 주간의 방학을 보
내고 다시 수업을 시작했다. 민주가 떠난 후 얼마간 방에는 어떤
여행자도 찾아오지 않았다. 을은 그 얼마간 혼자 방을 썼다. 을은
열쇠로 문을 열고 익숙하게 방으로 들어간다. 그곳에는 민주가 있
었다. 아침이 되어 을은 눈을 뜬다. 을은 민주의 숨소리를 들었다.

민주는 책상 위에 앉아 있을 때도 있었고 침대에 누워 있을 때도 있었고 문을 열고 을을 찾아올 때도 있었다. 을은 매번 가슴이 아팠다. 가끔씩은 씨안의 목소리가 을을 찾아오기도 했다. 아주 예전에 방에 혼자 있을 때면 찾아오던 제이와 린다처럼 말이다. 제이는 이제 더 이상 을을 찾아오지 않는다. 을이 제이를 부르기 전까지는. 린다의 목소리를 떠올리려면 시간이 한참 걸렸다. 민주, 언제까지 나를 찾아올 거니. 을은 책상에 앉아 있는 민주를 보며 속삭였다. 민주. 민주, 내가 사랑하던 목소리, 민주 너는 말이야.

33

씨안은 학교를 다니며 카페에서 커피 만드는 일을 했다. 씨안은 주문을 받고 커피를 만들었다. '카페라떼' 손님은 카페라떼를 가져갔다. '디카프 커피' 손님은 디카프 커피를 가져갔다. 씨안은 프래니를 생각하면 가슴이 먹먹해졌다. 그러면 같이 일하는 친구가 어깨를 툭 치며 왜 그래? 하고 물었다. 씨안은 다시 주문을 받았다. 그리고 사이공 커피, 하고 외쳤다. 가끔 손님이 없는 이른 오전에 씨안은 프래니에게 엽서를 보내볼까 하고 생각했다. 씨안은 프래니의 주소를 아직도 생생히 기억했다. 하지만 씨안은 그렇게 생각만을 할 뿐이다. 손님들은 다시 카푸치노 같은 것을 마시러 밀려들었고 씨안은 에스프레소 머신을 행주로 닦아야 했다.

그때의 씨안은 앞으로 어떤 일이 펼쳐질지 예측하지 못했다. 어쨌거나 이 년 후 씨안은 프래니의 주소를 완전히 잊게 된다.

34

민주는 씨안을 건강하고 단단한 친구라고 기억한다. 그것은 아무런 의심도 비난도 없는 즉각적인 판단이었다. 민주는 을이 이름처럼 쓸쓸하게 살아갈 것이라고 생각한다. 노을은 쓸쓸하고 고독해질 것이다. 노을은 약하고 닫혀 있는 사람이다. 민주는 그것을 알았다. 그것 역시 아무런 의심도 비난도 없는 즉각적인 판단이었다. 하지만 민주가 을이라는 이름을 마음에 담자마자 온 마음은 온 마음을 다해 쓸쓸해했다. 을은 민주의 스무 살을 기억했다. 민주는 을의 스무 살을 기억했다. 그때 을이 서른 즈음이었다고 해도 그것은 상관없는 일이었다. 을은 어려서는 조숙했고 늘 언제나 고독했으니 말이다.

35

노을은 민주가 방을 떠난 후 귀를 다 덮는 헤드폰을 샀다. 수업할 때를 제외하고는 늘 언제나 헤드폰을 쓰고는 음악을 귀에 흘려보냈다. 그것이 노을이 불안함과 짜증으로부터 평정을 유지하는 방법이었다. 노을은 어느 때처럼 귀에 헤드폰을 쓴 채로 걸어서 학교로 향했다. 길 중간에 한 그룹의 소년소녀들이 노래를 부르고 있었다. 소년소녀들 앞에는 모금함이 있었다. 노을은 소년소녀들이 나눠주는 종이를 들고 읽었다. '화재로 없어진 고교 연극부 극장 재건축을 위한 성금 모금'이라고 쓰여 있었다. 노을은 가방에서 지폐 한 장을 꺼내 모금함에 넣었다. 헤드폰을 뺀 채로 그들의 노래를 잠깐 듣다가 다시 학교를 향해 걷기 시작했다.

어느 순간 모든 소리는 각별한 의미를 가지고 을에게 찾아왔다. 모든 소리가 의미를 가지는 시간은 찾아오지만 모든 소리가 무의미해지는 순간은 찾아오지 않는다. 노을은 모든 소리가 각별한 의미를 가졌던 순간에서 서서히 걸음을 옮기고 있었다. 아직 노을의 마음속에 음악은 계속되고 아직 모든 소리가 그녀를 괴롭히고 있으나 이제 그녀는 점점 멀어지고 있다. 여전히 들리는 그 소리에서 말이다.

쾌락 없는 소통 · 흔적 없는 존재 · 박솔뫼 《을》

정여울 · 문학평론가 ·

1

그들의 향유, 그들의 위험

모든 것이 모호했다. 소문은 무성했지만 우리는 실체를 확인할 수 없었다. 정말 국경도 인종도 성별도 신경 쓰지 않는 인간, 경제 활동이나 가족 관계에 대한 어떤 부담도 느끼지 않는 노마드적 인간이 존재하는 것일까. 영화나 드라마뿐 아니라 소설에서도 그렇게 노마드의 혐의가 짙은 등장인물들은 대부분 '알고 보니 우리 같은 지구인'인 경우가 많았다. 그들은 우리 곁에 존재한다는 소문만 무성했을 뿐 눈에 보이는 실체로 만져지지 않았다. 그런데 우리 곁에 불현듯 다가온 당찬 신인작가가 그것을 해냈다. 인간 중심주의, 이성애 중심주의, 소통 중심주의, 그 모든 지배적 환상으로부터 자유로운 존재들. 박솔뫼의《을》은 존재의 발자국을 남기려 애쓰는 삶이 아니라 존재의 발자국을 스스로 지우며 흔적 없이 스쳐가는 존재들의 라이프 스토리를 그려내는 데 성공한 것이다.

박솔뫼의《을》을 읽고 나면 우리가 친구나 연인이나 가족이나 동료라고 이름 불러왔던 모든 관계에 새로운 이름표를 달아줘야 할 것만 같다. 우리는 실로 오랜만에 소통을 위해 두루뭉술하게 흐려진 언어가 아니라 완연한 일물일어설에 지독하게 충실한 날카로운 문체를 만나게 되었다. 그녀의 소설을 읽고 나면 왠지 익숙했던 모든 고유명사를 새롭게 재배치해야 할 것만 같다. 우리가 마치 당연하다는 듯이 습관적으로 이름 붙여왔던 모든 것들을 향해 아직 알려지지 않은 문자로, 아직 알려지지 않은 문체로, 새로운 소통을 시작해야 할 것만 같다. 《을》은 우리가 '그것'이라고 알고 있던 그 모든 것들을 향해 '정말 그게 맞냐'고 묻고 싶어지게 만드는 소설이다.

이 소설의 주요 등장인물들— 을, 민주, 씨안, 프래니, 주이—은 사회적 위치에서 존재의 의미를 찾는 일을 완전히(정말 완전히!) 접어버리고 자신이 직접 선택한 아주 작은 커뮤니티에서 자신이 진정 원하는 소통만을 추구하는 인물들이다. 장기 투숙 여행자를 상대로 영업하는 소규모 호텔에서 살아가는 이들은 언제든지 떠날 수 있는 이곳에서 한편으로는 한없이 평화롭고 한편으로는 한없이 불안한 일상을 이어나간다. 그들은 모두가 한 사람 같기도 하고, 굳이 너와 나와 그와 그녀로 구분할 필요도, 나이나 성별조차도 구분할 필요도 없는 존재로 보이기도 한다. 그 어떤 시선의 권력으로부터도 자유로워 보이는 존재들.

그들은 반드시 남이 알아들을 수 있게 말해야 한다는 소통의 강박으로부터도 자유로운 존재들이다. 《을》의 인물들은 말하는 순간 물거품이 되어버릴까 봐, 표현하는 순간 절대로 소통될 수 없는 메시지가 되어버릴까 봐, 서로에 대한 마음을 좀처럼 '언어'로 표현하지 않으려 한다. 그들은 언제나 최소한만 존재하고 최소한만 소통하려 한다. 그것이 그들의 충만한 소통, 충만한 존재의 비밀이다. 을이 민주를 '유일한 사람'으로 생각하는 이유 또한 그녀만의 독특한 소통의 방식 때문이다.

사실 을의 전공은 수의학이었다. 그때의 을이 지금과 얼마나 달랐을지는 모르겠지만 을은 동물이 좋아 수의학을 전공으로 택했을 사람이 아니다. 그렇다고 동물과의 교감을 바라는 사람은 더더욱 아니고 말이다. 아마도 을이 배우고 싶었던 것은 다만 돌고래의 언어나 식물의 파장 같은 것이었을 것이다. 하지만 돌고래의 언어 같은 것은 애써 봐주고 봐줘야 생각할 수 있는 이유였다. 민주는 을의 전공이 기억날 때마다 아무리 생각해도 왜 을이 수의학을 전공했는지 납득할 수 없었다. 다만 대학 입학시험 점수가 꽤 높았나 보다 하고 생각할 따름이다. 어쨌든 을이 사랑하는 것은 동물 같은 것이 아니었다.

을은 풀리지 않는 기호와 오래된 신호 같은 것을 사랑했다. 그렇다고 그것으로 어떤 비밀을 밝혀내고자 하는 것은 아니다. 다만 을은 그것을 따라가는 과정, 풀어내는 과정에 매혹되었을 뿐이다. 그럼에도 을은 이집트 고대문자 같은 것에는 특별한 관심을 보이지 않았다. 그것은 너무 거대한 것처럼 보이기 때문이라고 지나가듯 말했었다. 을이 외국어를 그토록 열심히 배웠던 것은 외국어는 그 자체로 기호이며 신호이나 고대 문자처럼 거대하게 다가오는 것은 아니기 때문이었다. 하지만 을은 외국인과의 대화나 영화를 원어로 보는 것에 어떠한 쾌감도 느끼지 않았다. 을을 흥미롭게 하는 것은 동사의 변화나 다른 뜻을 일곱 개쯤 가지고 있는 같은 발음의 단어였다. 소통의 매개가 아니라 기호의 등가물이 되는 것들을 을은 사랑했던 것이다.　　　　　　　　　　　　　　(본문 21~22쪽)

그들은 지배의 레이더망에 좀처럼 포착되지 않는 존재들이며 존재의 발자국을 최대한 덜 남기는 삶을 추구한다. 최소한의 생존을 위해 경제 활동을 하되 타인으로부터 '중요한 일'을 '잘해내고 있다'는 인정을 받을 필요를 전혀 느끼지 않는 삶. 그들은 좀처럼 고정된 의미를 부여하기 어려운 시간을 살아간다. 그 시간이 바로 진정 '나'일 수 있는 시간이기도 하다. 특히 씨안은 승화된 드라이아이스처럼 흔적 없이 휘발되어버리는, 존재가 아니라 소멸을 위한 소통을 꿈꾼다. 사랑이나 우정으로 규정할 수 없는 감정, 행복이나 불행으로 재단할 수 없는 상태, 낙관과 비관으로 가를 수 없는 태도. 이런 모호하면서도 소중한 경계들을 박솔뫼는 예민하게 포착한다.

이 소설의 중심에는 '을'과 '민주'라는 인물이 있다. 민주는 을이 꿈꾸는 유일하고도 완전한 소통을 가능하게 하는 존재다. 풀리지 않는 오래된 신호 같은 것, 풀리지 않을수록 매혹될 수밖에 없는 기호, 그것이 바로 민주였다. 민주는 애써 내가 누구인가를, 내가 왜 중요한 존재인가를 설명하지 않고 단지 침묵으로 모든 것을 말하는 존재다. 을은 기호의 의미가 아니라 기호 자체를 사랑하는 인간이다. 을은 소통의 도구가 되는 언어, 단지 소통 그 자체를 위해 의례적으로 내뱉는 언어들을 증오한다. 을은 오히려 소통과 반응을 요구하지 않는 기호, 예측할 수 있고 반복의 규칙을 알 수 있는 기호에 오히려 매료된다. 반응이나 소통을 요구하는 기호가 아니라, 온전히 기호 자체에 몰입할 수 있는 기호. 예를 들어 공장의 기계 소리가 자아내는 균일한 리듬과 파장 같은 것 말이다. 을은 지시하는 대상이 없는 순수한 기호의 세계에 매료되면서도 오직 '민주'에게만은 유일한 기호(민주가 읽고 해석하고 반응해야 할 유일한 대상)이고 싶어 한다. 수많은 사람들에게 대충 이해받는 것보다는(그래서 분명히 오해받는 것보다는) 이 세상 단 한 사람에게 완전히 이해받고 싶어 하는 것이다.

민주는 남에게 강요하는 목소리를 내지 않았다. 유들유들한 목소리도 내지 않았다. 그런 목소리들은 위협하는 목소리보다 더 폭력적이었다. 을은 민주의 목소리와 민주와 나누는 대화가 좋았다. 민주는 자신의 목소리를 내면서 침묵의 행간을 짚어낼 줄 알았다. 그런 사람은 드물었다. 민주는 공평했고 사려 깊었고 을은 그런 민주를 알아볼 수 있었다. 민주의 사려 깊음은 한 사람을 향한 것이 아니라 모든 사람을 향한 공평한 것이었다. 그 말을 달리 하자면 민주의 무관심은 지극히 공평했다. 하지만 민주는 대개 늘 사려 깊었고 주변의 사람들은 민주의 사려 깊음이 무관심으로 바뀌는 과정을 잘 알아채지 못했다. 물론 무관심이 사려 깊음으로 녹아드는 과정도 말이다. 그것이 민주의 예의 바름이었다. 을은 민주의 그런 점이 그의 미덕이라고 생각해왔고 아마 앞으로도 그럴 것이다. 하지만 민주의 얼굴을 보고 있으면 을은 그 모든 것을 잊어버렸다. 끝없이 요구하고 어깨를 붙잡고 흔들었다. 나는 말하고 있지 않지만 그럴 때까지도 내 이야기를 들어줘. 내가 무슨 생각을 하고 있겠어. 을은 민주에게 호소했다. 을은 자신이 가장 싫어하는 것을 늘 민주에게 요구했다. 언제나, 처음부터 끝까지 언제나 말이다.   (본문 37~38쪽)

을은 타인의 목소리를 그토록 싫어하면서, 그 감정을 너무 열정적으로 호소하며 역설적으로 민주에게만은 지나치게 많은 말을 쏟아 붓는다. 민주를 향한 을의 감정은 전폭적이기에 위태롭다. 을은 이 세상 누구에게도 쏟아놓지 못한 말들을 오직 민주에게만 쏟아놓으려 하고, 민주는 침묵을 통해서만 가장 중요한 말을 하는 타입의 인간이다. 을은 민주에게 끊임없이 말하고, 민주는 묵묵히 듣는 이 기우뚱한 관계는 오직 민주의 침묵으로 유지되는 균형이다. 민주는 그 어떤 묘사도 의미 부여도, 그 순간을 그 순간 자체보다 더 아름답고 완전하게 설명할 수 없다고 믿는다.

민주는 '재현'을 믿지 않는 인간, '묘사'를 믿지 않는 인간, 그리하여 완전히 그 순간 속에 거처할 줄 아는 인간이다. 그저 침묵하는 것이 가장 완전한 묘사일 때를 민주는 진심으로 즐길 줄 안다. 민주가 그러한 '완전함'을 느꼈던 것은 바로 어머니의 유품을 들고 생전 처음 찾아가는 이모의 집에서 만난 두 사람, 윤과 바원이었다. 윤과 바원은 민주의 현재가 아닌 과거의 기억 속에만 존재하는 인물들이지만 민주의 일생을 뒤흔든 트라우마를 간직한 인물들이다. 을과 민주처럼 스스로 흔적을 지우는 삶을 지향한다면, 즉 '존재의 기반'을 추구하지 않는 삶을 유지한다면, 평생 아무런 사건도 일어나지 않을 수도 있을 것만 같다. 그러나 그들에게는 그들의 존재 전체를 한꺼번에 관통하는 무서운 사건이 기다리고 있다.

2
완 전 한 ' 둘 ', 불 완 전 한 ' 셋 '

《을》의 인물들에게 '적당히', '대충', '그럭저럭'의 세계는 존재하
지 않는다. 그들은 모든 관계에서 전부 아니면 전무(全無)를 요구
한다. 을에게 민주는 세상 그 자체이며 프래니에게 주이는 우주
그 자체다.《을》의 인물들은 소통의 불가능성을 매 순간 확인하면
서도 동시에 완전한 소통의 찰나적 가능성을 소름끼치도록 예민
하게 포착하는 존재들이다. 그들은 육하원칙과 1W 5H의 명료성
을 추구할 필요가 없는 세계, 오직 자신들이 창조한 일상의 리듬
속에서 살아간다. 그 세계 속에서 이들은 무엇이든 할 수 있고 동
시에 그 무엇도 할 수 없다. 무한 상대성의 세계, 어떤 판단도 고
정시키지 않는 세계, 예스와 노의 분류법을 고정시키지 않는 세계
이기 때문이다. 그들은 끊임없이 질문하기에 어떤 대답도 종료되
지 않는 세계 속에서 살아간다. 그러던 어느 날, 민주와 동거하고
있는 을의 객실을 청소하는 '하우스키퍼'인 씨안이 민주에게 마음
을 빼앗겨 자신도 모르게 그를 미행한다. 그 순간 씨안은 민주와
함께하는 을의 존재를 보고 문득 아무런 욕심도 욕망도 없이 살
아가려던 자신의 세계에 돌이킬 수 없는 균열이 일어날 것만 같
은 불안을 느낀다.

　씨안은 그녀가 아름답다고 생각했다. 그리고 즉각적으로 슬퍼졌다.

507호 여자가 나보다 아름다워? 씨안은 거울을 보았다. 응. 너보다 아름다워. 씨안은 거울을 보면서 정말 그녀가 아름다운 것일까 하고 생각했다. 그녀가 507호에 살지 않아도 나는 그녀를 아름답다고 생각했을까? 씨안은 화장기 없던 그녀의 얼굴을 천천히 떠올려보았다. 그녀의 마른 팔과 작은 키도 함께 떠올려보았다. 아무것도 모른 채 길거리에서 지나가다가 그녀를 봤어도 그녀가 아름답다고 생각할 거야? 집에 와서도 계속 오늘 길 가다 본 그녀는 아름다웠지 하고 슬퍼할 거야? (⋯) 씨안은 한참 동안 거울 앞에 서 있었다. 거울 앞으로 507호 여자의 모습이 나타났다, 사라졌다. 그리고 다시 나타났고 사라지면 자꾸만 다시 나타났다. 씨안은 머리를 천천히 정리하고 손을 다시 한 번 씻고 화장실을 나갔다.

씨안은 자리로 돌아와 노트에 고개를 파묻었다. 그녀는 아름답다. 그래서 짜증이 나. 아니다. 나도 그녀가 아름다워서 좋다. 그냥 그것대로 괜찮은 거 같다. 나도 좋아, 어, 어어. 나도 좋아. 이런 식의 낙서로 노트 한 장을 빼곡하게 채워갔다. 그러고도 한참을 아무 말이나 생각나는 대로 노트에 써내려갔다. (본문 116~117쪽)

씨안은 진심으로 하고 싶은 말을 끊임없이 미루면서 하루 종일 자신의 마음속에, 혹은 아무에게도 보여주지 않는 노트 위에 못다 한 말들을 써나간다. 그녀는 가볍게 말을 내뱉지 않음으로써, 그 어떤 것도 함부로 표현하지 않음으로써 오히려 더 많은 소통의 접촉면을 가질 수 있다. 함부로 묻지 않음으로써, 물음을 조용히 삭이면서, 묻고 떠드는 대신 타인을 깊숙이 응시한다. 응시하다 보면 배려할 수밖에 없고 배려하다 보면 옹호할 수밖에 없고 그러다 보면 어느 순간 그 사람의 귀가 되고 눈이 되어 세상을 호흡하게 된다. 절대로 '네가 좋아'라고 말하지 않는 호의, 상대방이 좋을수록 더욱 깊숙이 자기 안에 침잠하는 것이 씨안, 민주, 을의 라이프 스타일이다.

민주에게는 그 무엇으로도 환원할 수 없는 소중한 추억이 있는데 그것은 바로 윤과 바원과 민주가 함께 살 때였다. 완벽한 커플로 보이는 윤과 바원의 틈새에 낀 존재가 되었던 그 순간이 어쩌면 민주가 가장 행복했던 시간이었다. 민주는 윤과 바원이 처음부터 완벽한 '하나'는 아니었음에 더욱 매료된다. '둘'인 적도 있었고 '셋'인 적도 있었던 그들이 지금은 완전한 '하나'처럼 보인다는 것에 민주는 매혹된다. 존재와 관계를 구분하는 것이 아니라 너와 나의 관계 그 자체가 존재로 화하는 순간. 굳이 '사랑'이라 이름 붙일 필요도 없는 아늑한 침묵의 엑스터시. 그것은 민주를 '유일한 세계'로 알고 있는 '을'조차도 접근할 수 없는, 오직 민주만이 진정으로 간직할 수 있는 완전한 세계였다.

민주는 윤을 사랑했고 또한 바원을 사랑했다. 그들을 똑같이 사랑했고 그들을 동시에 바라보았다. 그는 그저 그곳에서 그들과 함께 머물고 싶었다. 그들과 함께 있는 시간이 좋았고 그들과 함께 있는 스스로가 좋았다. 왼쪽 방으로 돌아와 누워 그는 단지 그것을 바란다고 했다. 함께 있고 싶어. 함께 있고 싶어. 더욱 원했던 것은 그들이 함께했던 지난 오랜 시간까지 갖고 싶다는 것이었다. 모든 시간을 함께하고 싶어. 그 바람은 좁은 방을 가득 채웠다. 문은 닫혀 있었고 그 바람은 어디로도 새나가지 않고 방 안에 내내 머물렀다. 내내 머물며, 더욱더 스스로를 단단하게 만들었다. 서로가 한몸 같아 보이는 윤과 바원, 두 사람의 시간을 함께하고 싶다는 바람은 내내 그 방 안에 머물렀다. 그 방 안에서 떠나지도 사라지지도 않고 그저 방 안을 떠돌았다. 민주가 그곳을 떠나기 전까지 말이다. 그날 밤은 그 바람이 비로소 분명하게 드러난 순간이었다. 그는 그 바람을 지우고 싶거나 줄이고 싶거나 사라지게 하고 싶지 않았다. 그는 어떤 것을 원했고 그것은 스스로 커 하나의 생명이 되었다. 그 순간부터 그 생명은 그가 아니고 그가 손댈 수도 없고 이미 자라 스스로 움직여 나가게 되었다.　　　　　　　　　　　　　　　　　　　　　　　(본문 85~86쪽)

　　그 어떤 곳에서도 흔적을 남기지 않으려는 씨안이 반복해서 보는 한 편의 영화는 이 소설을 이해하는 중요한 열쇠가 된다. 그 영화는 둘일 수는 있지만 셋 이상일 수는 없는 관계의 원천적 참혹함을 다룬 이야기다. 텅 빈 지구, 이 세상에서 마지막으로 남았다고 생각하는 두 사람이 있다. 남자와 여자다. 둘은 아무도 없는 상점에서 물건을 털어 끼니를 해결하고 틈만 나면 광기 어린 섹

214

스를 즐긴다. 알고 보니 두 사람은 부녀였지만 스크린에 비친 그들은 그저 서로의 육체에 목적 없이 탐닉하고 열광하는 남과 여일 뿐이다. 그들이 밥을 먹고 하는 일은 오로지 섹스다. 둘만의 지극히 '평화로운' 시공간에 한 사람이 침입한다. 그들은 놀라움과 당황스러움과 부끄러움과 믿을 수 없음과 반가움을 동시에 느낀다. '둘'이 '셋'이 되는 순간 그들의 권태롭지만 한없이 평화로웠던 삶은 바뀐다. '관찰자'가 하나 생겼다는 이유로, 이들의 행동은 돌변한다. 서로에게 유일한 대상이었던 커플의 관계는 셋이 되자마자 모든 사람이 모두에게 '시선의 대상'이 되는 지옥 같은 감시의 감옥으로 변한다.

부녀는 예전처럼 서로를 물고 빨며 뒹굴 수 없었다. 세 사람은 함께 걸어서 가게에 갔다. 그리고 음식과 옷, 휴지 등을 예전처럼 쓸어 담았다. 그러고는 집으로 돌아와 그것들을 나눠 먹었다. 그들은 음식을 나눠 먹으며, '더 먼 곳에 있는 가게를 가야 하지 않나', '기름과 가스를 어떻게 쓰는 것이 좋을까', '겨울이 곧 올 텐데 준비는 어떻게 하는 것이 좋을까', (역시나 뜬금없이) '농사를 지어야 하는 것이 아닌가' 같은 건설적인 주제를 두고 열띤 토론을 했다. 그들은 매일 매일을 건설적으로 또한 건강하게 보냈다. (…) 두 명이 있을 때는 다른 할 일이 없다는 듯 뒤엉켜 뒹굴기만 했으나 세 명이 되자 그들은 나라라도 세울 듯이 열심히 일했다. 머릿속으로는 인류의 역사를 새로 쓰게 될지도 모른다는 비장하며 가슴

떨리는 상상을 했다. 그렇게 비장하며 건설적이고 청교도처럼 부지런한 날들이 흘렀다. 이때 깔린 음악은 스미스의 〈how soon is now〉였다. 그들은 모리세이의 목소리에 맞춰 쓸고 닦고 찾고 망치질하며 일했다. 그리고 어느 날 밤이었다. 깊은 밤이었다. 스미스의 〈how soon is now〉는 계속 깔렸다. 노동 후 피곤했던 그들은 깊은 잠에 빠졌다. 그런데 누군가가 살며시 일어나 어둠 속에서 칼을 들어 누군가를 찔렀다. 푹 하고 찌르는 소리와 끅 하는 비명이 짧게 순차적으로 들렸다. 또 다른 한 명은 가만히 일어나 앉아 그 모습을 지켜보았다. 칼을 들었던 이는 죽은 이의 시체를 질질질 끌고 나갔다. 모리세이는 계속 노래를 부른다. 방 안에는 다시 두 사람이다. 그들은 짙은 어둠 속에 앉아 있었고 누가 먼저랄 것도 없이 엉겨 붙어 뒹굴었다. 거친 숨소리가 방 안을 채웠다. 그 두 사람이 아버지와 딸인지 딸과 젊은 남자인지 젊은 남자와 아버지인지 알 수는 없지만 말이다. 어둠 속에서 그들은 열심히 뒹굴었고 그 위로 모리세이의 목소리가 울렸다.   (본문 60~62쪽)

씨안이 반복해서 보는 이 영화는 영화 속에서 마치 모리스 라벨의 〈볼레로〉처럼 조금씩 반복적으로 변주되면서 소설 속의 등장인물들에게 어떤 원형적 내러티브로 기능한다. 마치 평행이론처럼 아버지-딸-손님의 관계는 윤-바원-민주, 프래니-주이-손님, 을-민주-씨안에게 반복된다. 2는 커플의 숫자다. 2는 기꺼이 1이 될 수 있다. 마치 처음부터 한 몸이었던 것처럼, 커플은 둘 중 누구도 대상이나 주체가 되지 않을 수 있다. 닫힌 숫자 2. 그런데 3은 둘과 전혀 다르다. 3은 누군가를 왕따 시킬 수 있는 최소한의 숫자다. 즉 '사회'가 이루어질 수 있는 최소한의 숫자다. 3이 되자마자 그들에게는 동물적인 자연스러움이 없어진다. 문명을 이루어야 한다는 불안, 무언가 생산적인 일을 해야 한다는 불안, 타인의 시선을 끊임없이 의식해야 한다는 불안. 셋 중 누군가가 미쳐버리기 직전, 이 불안한 삼각형의 세번째 꼭짓점은 거의 '자연스럽게' 소멸되어버린다.

3

그들의 클라이맥스, 그들의 피날레

자신과 소통할 수 있는 '유일한 관계'에 대한 그들의 집착은 배타적이고 절대적일 수밖에 없다. 프래니가 주이의 새로운 파트너로 의심되는 객실 손님을 살해하는 것은 이 완전한 자기 충족적 관계로 충만했던 그녀의 소우주가 파괴되는 것을 프래니 스스로가 견딜 수 없었기 때문이다. 《을》은 가장 아름다운 순간이 가장 위험한 순간이라는 것을 너무도 정직하게 묘사한다. 아무와도 나눌 수 없는 시간이 탄생하는 순간. 그것이 영원할 수 없음에도 그것을 강렬히 욕망하게 되는 순간. 한 여자 프래니가 다른 여자 주이의 또 다른 여자친구가 될지도 모르는 또 한 명의 여자를 죽일 수밖에 없는, 피할 수 없는 갈등의 기원이 탄생하는 순간.

　　오 년 전 여름이었다. 주이는 바닥에 누워 책을 보고 있었다. (…) 프래니와 주이는 장난처럼 서로의 입술을 빨았다. 실제로 그것은 장난이었다. 매일같이 해대던 장난이었다. 그들은 한참을 서로의 입술을 빨았다. 그리고 프래니는 부엌으로 가 물을 마셨다. (…) 강렬한 여름 햇살이 창을 통해 방 안으로 들어왔다. 주이는 눈이 부셔 고개를 돌렸다. 그리고 눈을 감고 누워 있는 프래니를 보았다. 그 순간이었다. 주이는 문득 이것이 이전과는 다르다는 것을 느낄 수 있었다. 그리고 시작이었다. 주이는 창밖에서 들어오는 여름 햇살처럼 강렬하게 프래니가 의식되었다. 그 순간 문득 말이다. 프래니는 서서히 눈을 떠서 주이를 바라보았다. 프래니는 주이가 발견한 그것을 동시에 의식하기 시작했다. 그들은 한참을 둘 사이에 흐르는 강력한 그것이 무엇인지 몰라 그저 바라보기만 했다. (…) 프래니는 주이네 집 문을 닫고 나왔다. 문을 닫는 순간 훅 하는 거친 숨이 프래니의 입에서 터져 나왔다. 집으로 돌아가며 프래니는 무엇 때문인가 몹시 부끄럽고 당황스러웠다. 하지만 그것이 무엇인지 알 수 없었다. 한편, 방 안에서 주이는 프래니가 그리워지기 시작했다. (…) 프래니는 집을 향해 걸으며 갈비뼈를 뛰쳐나올 듯이 세차게 뛰어대는 심장을 느꼈다. 얼굴은 이미 붉은색이었다. 땀이 약간 나는 것도 같았다. 집에 도착해 물을 마시고 나자 프래니는 주이가 비로소 그리워지기 시작했다. 주이는 프래니가 나간 이후로 줄곧 담담히 프래니를 그리워하고 있었다. 비로소 그들은 서로를 동시에 그리워하기 시작했다. 그것이 시작이었고 그 시작은 하나의 강이 되었다. 주이와 프래니는 그 강을 건넜다. 다시 돌아올 수 있을지 없을지 몰랐지만 어쨌거나 그들은 자신들도 모르는 사이에 하나의 강을 건넜다. 무척 짧았던 한순간, 그것이 시작이었다.   (본문 79~81쪽)

오 년 전 그들은 이렇게 사랑에 빠졌다. 2였던 존재가 1이 되는 순간, 그 순간은 이토록 아름다울수록 그토록 위험하다. 습관이 욕망으로, 편안함이 열정으로 화하는 순간. 마치 저 끔찍한 영화가 현실로 변한 것처럼, 프래니와 주이 사이에 제3의 존재가 나타나고 그 '3'의 존재와 함께 새로운 '1'을 만들려고 하는 주이를 보며 미쳐가던 프래니는 손님을, 그 '3'을 쏘고 만다. 《을》은 인간적 소통의 막다른 골목에 이른 존재들의 절망을 향해 과감하게 돌진한다. 인간은 관계의 쾌락을 즐길 때 그 쾌락이 둘 사이의 배타적인 것이기를 바란다. 그러나 쾌락은 언제나 흐르는 것이며 절대로 멈추지 않는 것이 쾌락의 본질이기에, 그리하여 고정된 시공간에 가둘 수 없는 것이기에, 그리하여 누구도 소유할 수 없는 것임을 우리는 또한 알고 있다. 민주의 트라우마 또한 그런 것이었다. 바원과 윤 사이에서 제3자가 된 민주는 바원과 윤의 완전한 '1'을 파괴해버리고 말았다. 씨안은 민주와 을에게 '3'이었다. 2는 될 수 있으나 3은 될 수 없는 존재들은 서로에게 끊임없이 욕망의 대상이자 욕망의 장애물이 될 수밖에 없다. 민주와 을, 윤과 바원, 프래니와 주이 사이에 이루어진 완벽한 커플의 평화는 언제든 제3자가 끼어드는 순간 무참하게 깨질 준비가 되어 있는 것이었다.

작 가 의   말

삼 년 전 여름, 여행 중에 이 소설을 썼다. 때문에 실제 내가 여행
중에 봤던 것들이 소설 중간 중간 들어가 있다. 등장인물 이름을
뭐로 할까 고민하다가 당시 읽고 있던 샐린저의 프래니와 주이로
했다든가, 아침에 과일을 자주 먹어서 그걸 그대로 썼다든가. 이
번에 다시 읽고 고치며 그런 것들이 하나씩 떠올랐다. 그리고 내
내 떠나고 싶은 마음이 들었다가 사라졌다가 다시 강하게 찾아왔
다. 글쎄, 짧은 시간인 것 같지만 그사이 어떤 것들은 부서졌고 사
라졌다. 샐린저는 오늘 세상을 떠났다고 하고 그를 좋아하던 사람
과는 연락을 한 지 한참 되었다. 그때는 알 수 없었지만 결국 이런
기분을 맛보게 되리라는 것을 알고 있었던 걸까 싶기도 하다.

　이걸 쓰는 동안 크든 작든 나에게도 힘이 있다는 것을 알았다.
그게 원래 나에게 있던 힘이었는지 이 글이 나에게 준 힘인지는
잘 모르겠다. 그냥 그걸 알게 되었다. 십 년이 지나고 더 긴 시간
이 지나도 지금처럼 쓸쓸함을 한 손에 쥐어야 한다고 해도 나는
나대로 잘 살 생각이다. 그러니까 이 글도 나름대로 잘 살 거라고
생각한다. 원래도 잘 살고 있던 것을 내가 쓰기 시작하면서 알아
차린 것일 테니까.

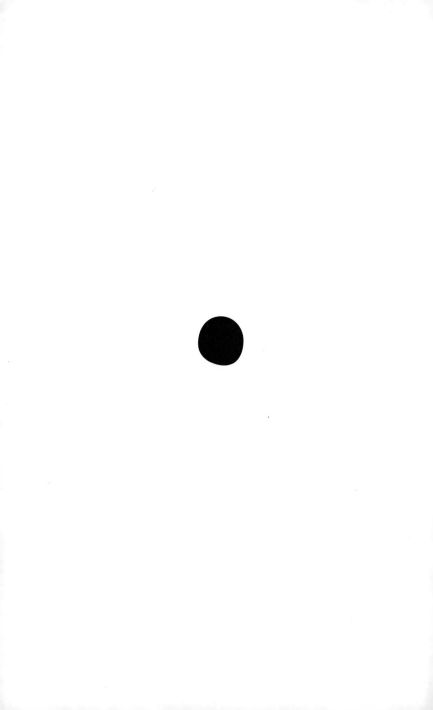